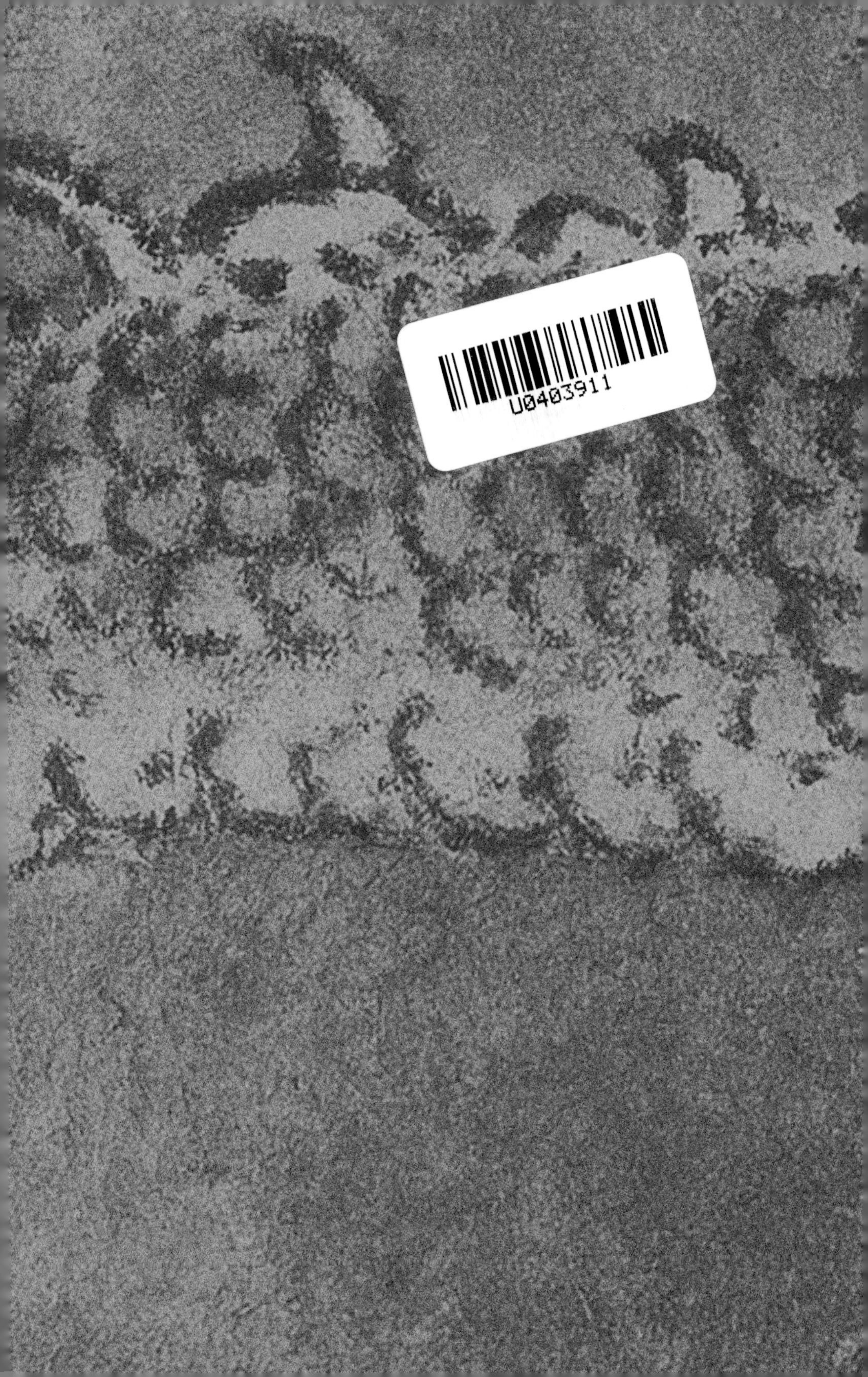
U0403911

十八家诗钞

◎经典普及版◎

第五册

曾国藩 纂

上海大学出版社
·上海·

目 录

卷十三 / 1403

白香山七古下・六十四首 / 1405

苏东坡七古上・七十四首 / 1451

卷十四 / 1501

苏东坡七古中·一百三十四首 / 1503

卷十三

白香山七古下

六十四首

短歌行

曈曈太阳如火色，上行千里下一刻。

出为白昼入为夜，圆转如珠住不得。

住不得，可奈何，为君举酒歌短歌。

歌声苦，词亦苦，四座少年君听取。

今夕未竟明旦〔一〕催，秋风才住春风回。

人无根蒂时不住，朱颜白日相隳颓①。

劝君且强笑一面，劝君复强饮一杯。

人生不得长欢乐，年少须臾老到来。

〔一〕旦：一作夕。

① 隳（huī）颓：衰败，毁败。

生离别

食蘖①不易食梅难，蘖能苦兮梅能酸。

未如生别之为难，苦在心兮酸在肝。

晨鸡再鸣残月没，征马连嘶〔一〕行人出。

回看骨肉哭一声，梅酸蘖苦甘如蜜。

黄河水白黄云秋，行人河边相对愁。

天寒野〔二〕旷何处宿，棠梨叶战风飕飕。

生离别，生离别，忧从中来无断绝。

忧极〔三〕心劳血气衰，未年三十生白发。

〔一〕连嘶：一作嘶风。　〔二〕野：一作路。　〔三〕极：一作积。

① 蘖（bò）：一种落叶乔木，果实味苦。

浩歌行①

天长地久无终毕，昨夜今朝又明日。
鬓发苍浪②牙齿疏，不觉身年四十七。
前去五十有几年，把镜照面心茫然。
既无长绳系白日③，又无大药驻朱颜④。
朱颜日渐不如故，青史功名在何处。
欲留年少待富贵，富贵不来年少去。
去复去兮如长河，东流赴海无回波。
贤愚贵贱同归尽，北邙冢墓高嵯峨⑤。
古来如此非独我，未死有酒且高歌。
颜回短命伯夷饿⑥，我今所得亦已多。
功名富贵须待〔一〕命，命若〔二〕不来争奈何。

〔一〕待：一作推。　〔二〕若：一作苟。

① 浩歌行：乐府旧题，属于《杂曲歌辞》。② 苍浪：花白。③ 长绳系白日：指留住时光。④ 驻朱颜：指青春不老。⑤ 嵯峨（cuó é）：山势高峻。⑥“颜回”句：颜回，孔子弟子，安贫乐道，三十几岁早逝。伯夷，商末人，耻食周粟，饿死在首阳山。

王夫子

王夫子，送君为一尉，东南三千五百里。
道途虽远位虽卑，月俸犹堪活妻子。
男儿口读古人书，束带敛手[①]来从事。
近将徇禄[②]给一家，远则行道佐时理。
行道佐时须待命，委身下位无为耻。
命苟未来且求食，官无卑高及远迩。
男儿上既未能济天下，下又不至饥寒死。
吾观九品至一品，其间气味都相似。
紫绶朱绂青布衫，颜色不同而已矣。
王夫子，别有一事欲劝君，逢〔一〕酒逢春且欢喜。

〔一〕逢：一作遇。

① 束带敛手：整束衣袋，缩起双手，表示谨慎、恭谨的样子。
② 徇禄：营求俸禄。

江南遇天宝乐叟[①]

白头老〔一〕叟泣且言，禄山未乱入梨园。
能弹琵琶和法曲，多在华清随至尊。
是时天下太平久，年年十月坐朝元[②]。
千官起居环佩合，万国会同车马奔。
金钿照耀石瓮寺[③]，兰麝熏煮温汤源。
贵妃宛转侍君侧，体弱不胜珠翠繁。
冬雪飘飖锦袍暖，春风荡漾霓裳翻。

欢娱未足燕寇至，弓劲马肥胡语喧。

豳土人迁避夷狄，鼎湖龙去哭轩辕。

从此漂沦落南土，万人死尽一身存。

秋风江上浪无限，暮雨舟中酒一樽。

涸鱼久失风波势，枯草曾沾雨露恩。

我自秦来君莫问，骊山渭水如荒村。

新丰树老笼明月，长生殿暗锁春云〔二〕。

红叶纷纷盖欹瓦④，绿苔重重封坏垣。

唯有中官作宫使，每年寒食一开门。

〔一〕老：一作病。　〔二〕春云：一作黄昏。

① 乐叟（yuè sǒu）：老年乐师。② 朝元：即朝元阁。③ 石瓮（wèng）寺：在骊山半腰石瓮谷中，寺以谷名。④ 欹（qī）瓦：倾侧不正的屋瓦。

送张山人归嵩阳

黄云惨惨天微雪，循行坊西鼓声绝。

张生马瘦衣且单，夜扣柴门与我别。

愧君冒寒来别我，为君沽酒张灯火。

酒酣火暖与君言，何事出关又入关〔一〕。

答云前年偶下山，四十余月客长安。

长安古来名利地，空手无金行路难。

朝游九城陌，肥马轻车欺杀客。

暮宿五侯门，残茶冷酒愁杀人。

春明门外城〔二〕高处，直下〔三〕便是嵩山路。

幸有云泉容此身，明日辞君且归去。

〔一〕一作君何入关又出关。　〔二〕城：一作高。　〔三〕直下：一作门前。

醉后走笔酬刘五主簿长句之赠，兼简张太贾二十四先辈昆季

刘兄文高行孤立，十五年前名翕习。
是时相遇在符离，我年二十君三十。
得意忘年心迹亲，寓居同县日知闻。
衡门[①]寂寞朝寻我，古寺萧条暮访君。
朝来暮去多携手，穷巷贫居何所有。
秋灯夜写联句诗，春雪朝倾暖寒酒。
陴湖绿爱白鸥飞，濉水清怜红鲤肥。
偶语闲攀芳树立，相扶醉踏落花归。
张贾弟兄同里巷，乘闲数数来相访。
雨天连宿草堂中，月夜徐行石桥上〔一〕。
我年渐长忽自惊，镜中冉冉髭须生。
心畏后时同励志，身牵前事各求名。
问我栖栖[②]何所适，乡人荐为鹿鸣客。
二千里别谢交游，三十韵诗慰行役。
出门可怜唯一身，敝裘瘦马入咸秦[③]。
冬冬街鼓红尘暗，晚到长安无主人。
二贾二张与余弟，驱车逦迤来相继。
操词握赋为干戈，锋锐森然胜气多。

齐入文场同苦战，五人十载九登科。
二张得隽名居甲，美退④争雄重告捷。
棠棣辉荣并桂枝，芝兰芬馥和荆叶。
唯有沅犀屈未伸，握中自谓骇鸡珍。
三年不鸣鸣必大，岂独骇鸡当骇人〔二〕。
元和运启千年圣，同遇明时余最幸。
始辞秘阁吏王畿，遽列谏垣升禁闱。
蹇步何堪鸣佩玉，衰容不称著朝衣。
阊阖晨开朝百辟，冕旒不动香烟碧。
步登龙尾上虚空，立去天颜无咫尺。
宫花似雪从乘舆，禁月如霜坐直庐。
身贱每惊随内宴，才微常愧草天书〔三〕。
晚松寒竹新昌第，职居密近门多闭。
日暮银台下直回，故人到门门暂开。
回头下马一相顾，尘土满衣何处来。
敛手炎凉叙未毕，先说旧山今悔出。
岐阳旅宦少欢娱，江左羁游费时日。
赠我一篇行路吟，吟之句句披沙金。
岁月徒催白发貌，泥途不屈青云心。
谁会茫茫天地意，短才获用长才弃。
我随鹓鹭⑤入烟云，谬上丹墀为近臣。
君同鸾凤栖荆棘，犹著青袍作选人。
惆怅知贤不能荐，徒为出入蓬莱殿。
月惭谏纸二百张，岁愧俸钱三十万。
大抵浮荣何足道，几度相逢即身老。
且倾斗酒慰羁愁，重话符离问旧游。
北巷邻居几家处，东林旧院何人住。

武里村花落复开，流沟山色应如故。

感此酬君千字诗，醉中分手又何之。

须知通塞寻常事，莫叹浮沉先后时。

慷慨临歧重相勉，殷勤别后加餐饭。

君不见，买臣衣锦还故乡，五十身荣未为晚〔四〕。

〔一〕已上叙昔年与刘及张、贾兄弟同居符离。 〔二〕已上叙公与张、贾先后十科，唯刘未得科第。 〔三〕已上公自叙遭际明时，得官禁近。 〔四〕已上叙重与刘君相聚，刘有赠诗而公酬之。

① 衡门：以横木为门，指简陋的房屋。② 栖栖：奔波忙碌的样子。③ 咸秦：指秦的都城咸阳，唐人多借指长安。④ 美退：美指贾悚，字子美，河南人，唐代官员。退指白行简（776—826），字知退，太原（今山西太原）人，唐代诗人，白居易之弟。⑤ 鹓（yuān）鹭：两种鸟，因其飞行有序，故用以比喻班行有序的朝官。

和钱员外答卢员外早春独游曲江见寄长句

春来有色暗融融，先到诗情酒思中。

柳岸霏微裛①尘雨，杏园淡荡开花风。

闻君独游心郁郁，薄晚②新晴骑马出。

醉思诗侣有同年，春叹翰林无暇日。

云夫③首倡寒玉音，蔚章④继和春搜吟。

此时我亦闭门坐，一日风光三处心〔一〕。

〔一〕自注：云夫、蔚章，同年及第；时予与蔚章同在翰林。

① 裛（yì）：沾湿。② 薄晚：傍晚。③ 云夫：即卢汀，字云夫，诗人，白居易的好友。④ 蔚章：即钱徽，字蔚章，诗人，白居易的好友。

东墟晚歇〔一〕

凉风冷露萧索天，黄蒿紫菊荒凉田。
绕冢秋花少颜色，细虫小蝶飞翻翻。
中有腾腾①独行者，手拄渔竿不骑马。
晚从南涧钓鱼回，歇此墟②中白杨下。
褐衣半故白发新，人逢知我是何人。
谁言渭浦栖迟客，曾作甘泉侍从臣③。

〔一〕时退居渭村。

①腾腾：舒缓、悠闲的样子。②墟：村落。③“曾作”句：《汉书·扬雄传》:“扬雄字子云，蜀郡成都人也……孝成帝时，客有荐雄文似相如者，上方郊祠甘泉泰畤、汾阴后土，以求继嗣，召雄待诏承明之庭。正月，从上甘泉，还奏《甘泉赋》以风。”渭浦，渭水之滨。

挽歌词

丹旐①何飞扬，素骖亦悲鸣。
晨光照闾巷，輀车②俨欲行。
萧条九月天，晚出洛阳城〔一〕。
借问送者谁，妻子与弟兄。
苍苍古原上，峨峨开新茔。
含酸一恸哭，异口同哀声。
旧陇转芜绝③，新坟日罗列。
春风秋草〔二〕北邙山，此地年年生死别。

〔一〕一作哀挽出重城。　〔二〕秋草：一作草绿。

①丹旐（zhào）：丧具名。②辆（ér）车：丧车，载运灵柩的车。③芜绝：废弃隔绝，荒芜断绝。

山鹧鸪

山鹧鸪，朝朝暮暮啼复啼，啼时露白风凄凄。
黄茅冈头秋月晚，苦竹岭下寒月低。
畲田[1]有粟何不啄，石楠有枝何不栖。
迢迢不缓复不急，楼上舟中声暗入。
梦乡迁客展转卧，抱儿寡妇彷徨立。
山鹧鸪，尔本此乡鸟。
生不辞巢不别群，何苦声声啼到晓。
啼到晓，唯能愁北人，南人惯闻如不闻。

①畲（shē）田：采用刀耕火种的方法耕种的田地。

放旅雁〔一〕

九江十年冬大雪，江水生冰树枝折。
百鸟无食东西飞，中有旅雁声最饥。
雪中啄草冰上宿，翅冷腾空飞动迟。
江童持网捕将去，手携入市生卖之。

我本北人今谴谪[1]，人鸟虽殊同是客。
见此客鸟伤客人，赎汝放汝飞入云。
雁雁汝飞向何处，第一莫飞西北去。
淮西有贼讨未平[2]，百万甲兵久屯聚。
官军贼军相守老，食尽兵穷[3]将及汝。
健儿饥饿射汝吃，拔汝翅翎为箭羽。

〔一〕元和十年冬作。

① 谴谪：官吏因犯罪遭贬谪。②“淮西”句：指唐德宗至唐宪宗时，藩镇割据，淮西最凶悍。③ 穷：缺乏粮食。

送春归[一]

送春归，三月尽日日暮时。
去年杏园花飞御沟[1]绿，何处送春曲江曲。
今年杜鹃花落子规啼，送春何处西江西。
帝京送春犹怏怏[2]，天涯送春能不加惆怅。
莫惆怅，送春人，
冗员[3]无替五年罢，应须准拟[4]再送浔阳春。
五年炎凉凡十变，安知此身健不健。
好送今年江上春，明年未死还相见。

〔一〕元和十一年三月三十日作。

① 御沟：流经皇宫的河道。② 怏怏（yàng yàng）：闷闷不乐的样子。③ 冗员：指机关中超过工作需要的人员，此指诗人自己担任的江州司马。④ 准拟：准备。

山石榴寄元九①

山石榴，一名山踯躅，

一名杜鹃花，杜鹃啼时花扑扑。

九江三月杜鹃来，一声催得一枝开。

江城上佐②闲无事，山下劚③得厅前栽。

烂漫一栏十八树，根株有数花无数。

千房万叶一时新，嫩紫殷红鲜麹尘④。

泪痕裛⑤损胭脂脸，剪刀裁破红绡巾。

谪仙初堕愁在世，姹女新嫁娇泥〔一〕春。

日射血珠将滴地，风翻火焰欲烧人。

闲折两枝持在手，细看不似人间有。

花中此物是西施，芙蓉芍药皆嫫母⑥。

奇芳绝艳别者谁，通州迁客元拾遗⑦。

拾遗初贬江陵去，去时正值青春暮。

商山秦岭愁杀人，山石榴花红夹路。

题诗报我何所云，苦云色似石榴裙。

当时丛畔唯思我，今日栏前只忆君。

忆君不见坐销落，日西风起红纷纷。

〔一〕泥：去声。

① 元九：即元稹（779—831），字微之，别字威明，唐代大臣、诗人，排行第九，因以称之，白居易的好友。② 上佐：唐代州级地方行政高级官员。此处白居易自指。③ 劚（zhú）：砍，挖。④ 麹尘：酒曲上所生菌，色淡黄如尘。⑤ 裛（yì）：沾湿。⑥ 嫫（mó）母：传说中黄帝之妻，貌极丑，后指代丑女。⑦ 元拾遗：元稹，元和元年曾任左拾遗。

画竹歌〔一〕

协律郎[1]萧悦[2]善画竹，举时无伦。萧亦甚自秘重，有终岁求其一竿一枝而不得者。知予天与好事，忽写一十五竿，惠然见投。予厚其意，高其艺，无以答贶[3]，作歌以报之，凡一百八十六字云。

植物之中竹难写，古今虽画无似者。
萧郎下笔独逼真，丹青以来唯一人。
人画竹身肥拥肿，萧画茎瘦节节竦。
人画竹梢死羸垂，萧画枝活叶叶动。
不根而生从意生，不笋而成由笔成。
野塘水边碕岸[4]侧，森森两丛十五茎。
婵娟不失筠粉态，萧飒尽得风烟情。
举头忽看不似画，低耳静听疑有声。
西丛七茎劲而健，省[5]向天竺寺前石上见。
东丛八茎疏且寒，忆曾湘妃庙[6]里雨中看。
幽姿远思少人别，与君相顾空长叹。
萧郎萧郎老可惜，手颤〔二〕眼昏头雪色。
自言便是绝笔时，从今此竹尤难得。

〔一〕并引。　〔二〕颤：一作战。

① 协律郎：负责组织在祭祀和节庆仪式中演奏乐曲的官员。② 萧悦：兰陵（今山东枣庄）人，唐代官员、画师。③ 答贶：馈赠，回报。④ 碕（qí）岸：曲折的河岸。⑤ 省（xǐng）：记得。⑥ 湘妃庙：传说尧帝二女娥皇、女英没于湘水，故称湘妃，庙在洞庭湖君山上。

真娘①墓〔一〕

真娘墓，虎丘道。

不识真娘镜中面，唯见真娘墓头草。

霜催桃李风折莲，真娘死时犹少年。

脂肤荑手②不牢固，世间尤物难留连。

难留连，易消歇。

塞北花，江南雪。

〔一〕墓在虎丘寺。

①真娘：唐代苏州歌妓。②荑（tí）手：指女子白嫩柔润的手。

长恨歌

汉皇①重色思倾国，御宇多年求不得。

杨家有女初长成，养在深闺人未识。

天生丽质难自弃，一朝选在君王侧。

回眸一笑百媚生，六宫粉黛无颜色。

春寒赐浴华清池，温泉水滑洗凝脂。

侍儿扶起娇无力，始是新承恩泽时。

云鬓花颜〔一〕金步摇，芙蓉帐暖度春宵〔二〕。

春宵苦短日高起，从此君王不早朝。

承欢侍宴〔三〕无闲暇，春从春游夜专夜。

后〔四〕宫佳丽三千人，三千宠爱在一身。

金屋妆成娇侍夜，玉楼宴罢醉和春。

姊妹弟兄皆列土，可怜光彩生门户。
遂令天下父母心，不重生男重生女。
骊宫高处入青云，仙乐风飘处处闻。
缓歌慢舞凝丝竹，尽日君王看〔五〕不足。
渔阳鞞鼓②动地来，惊破霓裳羽衣曲。
九重城阙烟尘生，千乘万骑西南行。
翠华摇摇行复止，西出都门百馀里。
六军不发无奈何，宛转蛾眉马前死③。
花钿委地无人收，翠翘金雀玉搔头。
君王掩面救不得，回看血泪相和流。
黄埃散漫风萧索，云栈④萦纡⑤登剑阁。
峨嵋山下少人行，旌旗无光日色薄。
蜀江水碧蜀山青，圣主朝朝暮暮情。
行宫见月伤心色，夜雨闻铃肠断声。
天旋日转回龙驭，到此踌躇不能去。
马嵬坡下泥〔六〕土中，不见玉颜空死处。
君臣相顾尽沾衣，东望都门信马归。
归来池苑皆依旧，太液芙蓉未央柳。
芙蓉如面柳如眉，对此如何不泪垂。
春风桃李花开日〔七〕，秋雨梧桐叶落时。
西宫南内多秋草，落叶满阶红不扫。
梨园弟子白发新，椒房阿监青娥老。
夕殿萤飞思悄然，孤〔八〕灯挑尽未成眠。
迟迟钟鼓初长夜，耿耿星河欲曙天。
鸳鸯瓦冷霜华重，翡翠衾寒谁与共〔九〕。
悠悠生死别经年，魂魄不曾来入梦。
临邛道士鸿都客，能以精诚致魂魄。

为感君王展转思〔十〕，遂教方士殷勤觅。

排云驭气奔如电，升天入地求之遍。

上穷碧落下黄泉，两处茫茫皆不见。

忽闻海上有仙山，山在虚无缥缈间。

楼阁〔十一〕玲珑五云起，其中绰约多仙子。

中有一人字太真〔十二〕，雪肤花貌参差是。

金阙西厢叩玉扃[6]，转教小玉报双成。

闻道汉家天子使，九华帐里梦魂惊。

揽衣推枕起徘徊，珠箔银屏迤逦开。

云髻半偏新睡觉，花冠不整下堂来。

风吹仙袂飘飖举，犹似霓裳羽衣舞。

玉容寂寞泪阑干，梨花一枝春带雨。

含情凝涕〔十三〕谢君王，一别音容两渺茫。

昭阳殿里恩爱绝，蓬莱宫中日月长。

回头下望人寰处，不见长安见尘雾。

唯将〔十四〕旧物表深情，钿合金钗寄将去。

钗留一股合一扇，钗擘黄金合分钿。

但教心似金钿坚，天上人间会相见。

临别殷勤重寄词，词中有誓两心知。

七月七日长生殿，夜半无人私语时。

在天愿作比翼鸟，在地愿为连理枝[7]。

天长地久有时尽，此恨绵绵无绝期。

〔一〕颜：一作冠。　〔二〕帐暖度春宵：一作帐里暖春宵。〔三〕宴：一作寝。　〔四〕后：一作汉。　〔五〕看：一作听。　〔六〕泥：一作尘。　〔七〕日：一作夜。　〔八〕孤：一作秋。　〔九〕一作旧枕故衾谁与共。　〔十〕思：一作恩。〔十一〕阁：一作殿。　〔十二〕字太真：一作字玉真，又作名玉妃。　〔十三〕涕：一作睇。　〔十四〕唯将：一作空持。

① 汉皇：原指汉武帝刘彻，此处以汉喻唐，借指唐玄宗李隆基。② 渔阳鼙（pí）鼓：即安禄山军中所用之鼓，此处指代安禄山在范阳发动叛乱。③ 马前死：指马嵬兵变、杨贵妃身死一事。④ 云栈（zhàn）：高耸入云的栈道。⑤ 萦纡（yū）：曲折回旋的样子。⑥ 玉扃（jiōng）：用玉装饰的门。⑦ 连理枝：两棵树的枝干合生在一起。

长安道

花枝缺处青楼开，艳歌一曲酒一杯。

美人劝我急行乐，自古朱颜不再来。

君不见，外州[1]官客[2]长安道，一回来时一回老。

① 外州：唐人将京都以外各州统称“外州”。② 官客：男性宾客。

潜别离

不得哭，潜别离；

不得语，暗相思；两心之外无人知。

深笼夜锁独栖鸟，利剑春断连理枝。

河水虽浊有清日，乌头虽黑有白时[1]。

唯有潜离与暗别，彼此甘心无后期。

① “乌头”句：《太平御览》：“燕丹子曰太子丹，质于秦，秦王

遇之无礼，不得意，欲归。秦王不听，谬言：‘令乌白头，马生角，乃可。’丹仰天而叹，乌即白头，马生角。秦不得已，而遣之。”

隔浦莲

隔浦爱红莲，昨日看犹在。
夜来风吹落，只得一回采。
花开虽有明年期，复愁明年还暂时。

寒食野望吟

丘墟郭门外，寒食谁家哭。
风吹旷野纸钱飞，古墓累累春草绿。
棠梨花映白杨树，尽是死生离别处。
冥漠①重泉②哭不闻，萧萧暮雨人归去。

① 冥漠：此指阴间。② 重泉：即九泉、黄泉。

琵琶行〔一〕

元和十年，予左迁①九江郡司马。明年秋，送客湓浦口，闻舟中夜弹琵琶者。听其音，铮铮然有京都声。问其人，本长安倡女，尝学琵琶于穆、曹二善才[②]，年长色衰，委身为贾人妇。遂命酒，使快弹数曲。曲罢，悯然。自叙少小时欢乐事，今漂沦憔悴，转徙于江湖间。予出官二年，恬然自安，感斯人言，是夕始觉有迁谪意。因为长句，歌以赠之，凡六百一十二言，命曰《琵琶行》。

浔阳江头夜送客，枫叶荻花秋瑟瑟。
主人下马客在船，举酒欲饮无管弦。
醉不成欢惨将别，别时茫茫江浸月。
忽闻水上琵琶声，主人忘归客不发。
寻声暗问弹者谁，琵琶声停欲语迟。
移船相近邀相见，添酒回灯重开宴。
千呼万唤始出来，犹抱〔二〕琵琶半遮面。
转轴拨弦三两声，未成曲调先有情。
弦弦掩抑声声思，似诉平生不得志〔三〕。
低眉信手续续弹，说尽心中无限事。
轻拢慢捻抹复挑，初为霓裳后六幺〔四〕。
大弦嘈嘈如急雨，小弦切切如私语。
嘈嘈切切错杂弹，大珠小珠落玉盘。
间关莺语花底滑，幽咽[③]泉流水下滩〔五〕。
水泉冷涩弦疑绝，疑绝不通声暂歇。
别有幽情暗恨生，此时无声胜有声。
银瓶乍破水浆迸，铁骑突出刀枪鸣。
曲终收拨当心画[④]，四弦一声如裂帛。
东船西舫悄无言，唯见江心秋月白。
沉吟放拨插弦中，整顿衣裳起敛容。
自言本是京城女，家在虾蟆陵下住。
十三学得琵琶成，名属教坊第一部。

曲罢曾教善才伏，妆成每被秋娘妒。
五陵年少争缠头，一曲红绡不知数。
钿头银篦击节碎，血色罗裙翻酒污。
今年欢笑复明年，秋月春风等闲度。
弟走从军阿姨死，暮去朝来颜色故。
门前冷落鞍马稀，老大嫁作商人妇。
商人重利轻别离，前月浮梁买茶去。
去来江口守空船，绕船月明江水寒。
夜深忽梦少年事，梦啼妆泪红阑干〔六〕。
我闻琵琶已叹息，又闻此语重唧唧。
同是天涯沦落人，相逢何必曾相识。
我从去年辞帝京，谪居卧病浔阳城。
浔阳地僻〔七〕无音乐，终岁不闻丝竹声。
住近湓江地低湿，黄芦苦竹绕宅生。
其间旦暮闻何物，杜鹃啼血猿哀鸣。
春江花朝秋月夜，往往取酒还独倾。
岂无山歌与村笛，呕哑嘲哳⑤难为听。
今夜闻君琵琶语，如听仙乐耳暂明。
莫辞更坐弹一曲，为君翻作琵琶行。
感我此言良久立，却坐促弦弦转急。
凄凄不似向前声，满座重闻皆掩泣。
座中泣下谁最多〔八〕，江州司马青衫湿。

〔一〕并序。　〔二〕抱：一作把。　〔三〕志：一作意。　〔四〕六幺：一作绿腰。　〔五〕水：一作冰。滩：一作难。　〔六〕一作啼妆泪落红阑干。　〔七〕地僻：一作小处。　〔八〕座：一作就。下：一作泪。

① 左迁：即贬官、降职。古人尊右卑左，故称降职为左迁。

② 善才：唐代对于琵琶演奏者的称呼。③ 幽咽：遏塞不畅的样子。④ 当心画：用拨子划过琵琶的四弦，弹琵琶者常用此手法来表示一曲已经弹奏结束。⑤ 嘲哳（zhāo zhā）：声音繁杂。

简简吟

苏家小女名简简，芙蓉花腮柳叶眼。
十一把镜学点妆，十二抽针能绣裳。
十三行坐事调品[1]，不肯迷头白地藏。
玲珑云髻[2]生花样，飘飖[3]风袖蔷薇香。
殊姿异态不可状，忽忽[4]转动如有光。
二月繁霜杀桃李，明年欲嫁今年死。
丈人阿母勿悲啼，此女不是凡夫妻。
恐是天仙谪人世，只合人间十三岁。
大都好物不坚牢，彩云易散琉璃脆。

① 调品：谓调丝品竹，即吹奏管弦乐器。② 云髻（jì）：高耸的发髻。③ 飘飖（yáo）：形容女子的举止轻盈、洒脱。④ 忽忽：急速的样子。

花非花

花非花，雾非雾。夜半来，天明去。
来如春梦几多时，去似朝云无觅处。

醉后狂言酬赠萧[1]殷[2]二协律[3]

余杭邑客多羁贫[4]，其间甚者萧与殷。
天寒身上犹衣葛，日高甑[5]中未拂尘。
江城山寺十一月，北风吹沙雪纷纷。
宾客不见绨袍惠[6]，黎庶未沾襦袴恩。
此时太守自惭愧，重衣复衾有余温。
因命染人与针女，先制两裘赠二君。
吴棉细软桂布密，柔如狐腋白似云。
劳将诗书投赠我，如此小惠何足论。
我有大裘君未见，宽广和暖如阳春。
此裘非缯亦非纩[7]，裁以法度絮以仁[8]。
刀尺钝拙制未毕，出亦不独裹一身。
若令在郡得五考，与君展覆杭州人。

①萧：即萧悦，善画竹。②殷：即殷尧藩（780—855），浙江嘉兴人，唐代诗人。③协律：官名，即协律郎。④羁贫：客居他乡，生活困顿。⑤甑（zèng）：古代的一种蒸饭器具。⑥惠：恩惠，给人好处。⑦缯、纩（kuàng）：缯，丝织品。纩，絮衣服用的新丝绵。⑧“裁以”句：以法度为剪刀，以仁心为棉絮。

夜哭李夷道

逝者绝影响[1]，空庭朝复昏。
家人哀临毕，夜锁寿堂门。
无妻无子何人葬，空见铭旌向月翻。

①影响．影子和回声，此指行踪。

醉歌[一]

罢胡琴，掩秦瑟，玲珑[1]再拜歌初毕。
谁道使君不解歌，听唱黄鸡与白日。
黄鸡[2]催晓丑时鸣，白日催年酉时没。
腰间红绶[3]系未稳，镜里朱颜看已失。
玲珑玲珑奈老何，使君歌了汝更歌。

〔一〕示妓人商玲珑。

①玲珑：中唐杭州著名歌姬，擅长乐器。②黄鸡：与下句中的“白日”均为唐代歌曲名。③红绶：红色丝绦，多用来系官吏的印绶。

寒食卧病

病逢佳节长叹息，春雨濛濛榆柳色。
羸坐全非旧日容，扶行半是他人力。
喧喧里巷踏青归，笑闭柴门度寒食。

长安早春旅怀

轩车歌吹喧都邑，中有一人向隅[1]立。
夜深明月卷帘愁，日暮青山望乡泣。
风吹新绿草芽折，雨洒轻黄柳条湿。
此生知负少年春，不展愁眉欲三十。

①向隅：面向角落。

晚秋夜

碧空溶溶月华静，月里愁人吊孤影。
花开残菊傍疏篱，叶下衰桐落寒井。
塞鸿飞急觉秋尽，邻鸡鸣迟知夜永。
凝情不语空所思，风吹白露衣裳冷。

秋晚

篱菊花稀砌桐落，树阴离离[①]日色薄。
单幕疏帘贫寂寞，凉风冷露秋萧索。
光阴流转忽已晚，颜色凋残不如昨。
莱妻卧病月明时，不捣寒衣空捣药。

①离离：浓密的样子。

谪居

面瘦头斑四十四，远谪江州为郡吏。
逢时弃置[①]从不才，未老衰羸[②]为何事。
火烧寒涧松为烬[③]，霜降春林花委地。

遭时荣悴[4]一时间，岂是昭昭上天意。

①弃置：即被贬谪而不受重用。②衰羸：衰弱。③“火烧”句：形容诗人被贬的失意。④荣悴（cuì）：荣枯，比喻个人的穷达、人世的盛衰。

偶然二首

楚怀邪乱灵均直，放弃合宜何恻恻。
汉文明圣贾生贤，谪向长沙堪叹息。
人事多端何足怪，天文至信犹差忒。
月离于毕合滂沱[1]，有时不雨谁能测。

火发城头鱼水里，救火竭池鱼失水。
乖龙藏在牛领中，雷击龙来牛枉死。
人道蓍[2]神龟骨圣，试卜鱼牛那至此。
六十四卦七十钻，毕竟不能知所以。

①“月离”句：化用《诗经·小雅·渐渐之石》中“月离于毕，俾滂沱矣”之句。②蓍：蓍草，古人的占卜工具。

喜山石榴花开[一]

忠州州里今日花，庐山山头去年树。
已怜根损斩新栽，还喜花开依旧数。

赤玉何人小琴轸[1]，红缬[2]谁家合罗袴。

但知烂漫恣情开，莫怕南宾桃李妒。

〔一〕自注：去年自庐山移来。

①琴轸：琴上调弦的小柱，此处比喻石榴子。②缬（xié）：有花纹的丝织品。

恻恻[1]吟

恻恻复恻恻，逐臣返乡国。

前事难重论，少年不再得。

泥途绛老[2]头斑白，炎瘴[3]灵均面黎黑。

六年不死却归来，道著姓名人不识。

①恻恻：悲痛、凄凉的样子。②绛老：指老人。③炎瘴：南方湿热致病的瘴气。

席上答微之[1]

我住浙江西，君去浙江东。

勿言一水隔，便与千里同。

富贵无人劝君酒，今宵为我尽杯中。

①微之：指元稹，微之是其字。

苏州李中丞以元日郡斋感怀诗寄微之及予，辄依来篇七言八韵，走笔奉答，兼呈微之

白首余杭白太守，落魄抛名来已久。
一辞渭北故园春，再把江南新岁酒。
杯前笑歌徒勉强，镜里形容渐衰朽。
领郡惭当潦倒年，邻州喜得平生友。
长州草接松江岸，曲水花连镜湖口。
老去还能痛饮无，春来曾作闲游否。
凭莺传语报李六，倩雁将书与元九。
莫嗟一日日催人，且贵一年年入手。

九日宴集醉题郡楼兼呈周殷二判官

前年九日[①]在余杭，呼宾命宴虚白堂。
去年九日到东洛，今年九日来吴乡。
两边蓬鬓一时白，三处菊花同为黄。
一日日知添老病[一]，一年年又惜重阳。
江南九月未摇落，柳青蒲绿稻穗香。
姑苏台榭倚苍霭，太湖山水含清光。
可怜假日好天色，公门吏静风景凉。
榜舟[②]鞭马取宾客，扫楼拂席排壶觞。
胡琴铮𨱏[③]指拨刺，吴娃美丽眉眼长。
笙歌一曲思凝绝，金钿再拜光低昂。
日脚欲落备灯烛，风头渐高加酒浆。

觥盏滟飞菡萏叶，舞鬟摆落茱萸房。

半酣凭槛起四顾，七堰八门六十坊。

远近高低寺间出，东西南北桥相望。

水道脉分棹鳞次，里闾棋布城册方。

人烟树色无隙罅，十里一片青茫茫。

自问有何才与政，高厅大馆居中央。

铜鱼今乃泽国节，刺史自古吴都王。

郊无戎马郡无事，门有棨戟④腰有章。

盛时傥来合惭愧，壮岁忽去还感伤。

从事醒归应不可，使君醉倒亦何妨。

请君停杯听我语，此语真实非虚狂。

五旬已过不为夭，七十为期盖是常。

须知菊酒登高会，从此多无二十场。

〔一〕病：一作态。

① 九日：重阳节。② 榜舟：行船，使船。③ 铮鏦（cōng）：形容金属撞击声、乐器演奏声等。④ 棨（qǐ）戟：木戟，为唐代官员所使用的仪仗。

霓裳羽衣舞歌〔一〕

我昔元和侍宪皇，曾陪内宴宴昭阳。

千歌万舞〔二〕不可数，就中最爱霓裳舞。

舞时寒食春风天，玉钩栏下香案前。

案前舞者颜如玉，不著人家俗衣服。

虹裳霞帔①步摇冠，钿璎②累累珮珊珊。

娉婷似不任罗绮，顾听乐悬行复止。
磬箫筝笛递相搀，击恹弹吹声逦迤[三]。
散序六奏未动衣，阳台宿云慵不飞[四]。
中序擘騞初入拍，秋竹竿裂春冰坼[五]。
飘然转旋回云轻，嫣然纵送游龙惊。
小垂手后柳无力，斜曳裾时云欲生[六]。
螾蛾敛略不胜态，风袖低昂如有情。
上元点鬟招萼绿，王母挥袂别飞琼[七]。
繁音急节十二遍，跳珠撼玉何铿铮[八]。
翔鸾舞了却收翅，唳鹤曲终长引声[九]。
当时乍见惊心目，凝视谛听殊未足。
一落人间八九年③，耳冷不曾闻此曲。
湓城但听山魈语，巴峡唯闻杜鹃哭[十]。
移领钱塘第二年，始有心情问丝竹。
玲珑箜篌谢好筝，陈宠觱栗④沈平笙。
清弦脆管纤纤手，教得霓裳一曲成[十一]。
虚白亭前湖水畔，前后只应三度按。
便除庶子抛却来，闻道如今各星散[十二]。
今年五月至苏州，朝钟暮角催白头。
贪看案牍常侵夜，不听笙歌直到秋。
秋来无事多闲闷，忽忆霓裳无处问。
闻君部内多乐徒，问有霓裳舞者无。
答云七县十万户，无人知有霓裳舞。
唯寄长歌与我来，题作霓裳羽衣谱。
四幅花笺碧间红，霓裳实录在其中。
千姿万状分明见，恰与昭阳舞者同。
眼前仿佛睹形质，昔日今朝想如一。

疑从魂梦呼召来，似著丹青图写出[十三]。
我爱霓裳君合知，发于歌咏形于诗。
君不见，我歌云：惊破霓裳羽衣曲[十四]；
又不见，我诗云：曲爱霓裳未拍时[十五]。
由来能事皆有主，杨氏创声君造谱[十六]。
君言此舞难得人，须是倾城可怜女。
吴妖小玉飞作烟[十七]，越艳西施化为土。
娇花巧笑久寂寥，娃馆苎罗空处所。
如君所言诚有是，君试从容听我语。
若求国色始翻传，但恐人间废此舞。
妍蚩优劣宁相远，大都只在人抬举。
李娟张态君莫嫌，亦拟随宜且教取[十八]。

〔一〕和微之。　〔二〕万舞：一作百武。　〔三〕公自注：凡法曲之初，众乐不齐，唯金石丝竹次第发声，《霓裳》序初亦复如此。　〔四〕自注：散序六遍无拍，故不舞也。　〔五〕自注：中序始有拍，亦名拍序。　〔六〕自注：四句皆《霓裳舞》之初态。　〔七〕许飞琼、萼绿华皆女仙也。　〔八〕自注：《霓裳曲》十二遍而终。　〔九〕自注：凡曲将毕，皆声拍促速，唯《霓裳》之末长引一声也。国藩按，自首至此，叙元和时曾于内宴时见《霓裳舞》。　〔十〕自注：予自江州司马转忠州刺史。〔十一〕自注：自玲珑以下皆杭之妓名。　〔十二〕自“当时”至此，叙在杭州时曾教妓学《霓裳舞》。　〔十三〕已上叙在苏州以书问元，元以《霓裳谱》答之。　〔十四〕《长恨歌》云。〔十五〕《钱塘诗》云。　〔十六〕自注：开元中，西京府节度杨敬述造。　〔十七〕夫差女小玉死后，形见于王，其母抱之，霏微若烟雾散空。　〔十八〕自注：娟、态，苏妓之名。　○自“我爱”至此，言将取苏妓教之。

① 霞帔：披肩。② 钿璎：女子所戴的头饰。③“一落”句：指由京中被贬至江州一事。④ 觱（bì）栗：古簧，管乐器。

小童薛阳陶吹觱栗[1]歌〔一〕

剪削干芦插寒竹，九孔漏声五音足。
近来吹者谁得名，关璀老死李衮[2]生。
衮今又老谁其嗣，薛氏乐童年十二。
指点之下师授声，含嚼[3]之间天与气。
润州城高霜月明，吟霜思月欲发声。
山头江〔二〕底何悄悄，猿声不喘鱼龙听。
翕然声作疑管裂，诎然声尽疑刀截。
有时婉〔三〕软无筋骨，有时顿挫生棱节。
急声圆转促不断，轹轹辚辚[4]似珠贯。
缓声展引长有条，有条直直如笔描。
下声乍坠石沉重，高声忽举云飘萧。
明日公堂陈宴席，主人命乐娱宾客〔四〕。
碎丝细竹徒纷纷，宫调一声雄出群。
众音覼缕[5]不落道，有如部伍[6]随将军。
嗟尔阳陶方稚齿[7]，下手发声已如此。
若教头白吹不休，但恐声名压关李。

〔一〕和浙西李大夫作。 〔二〕江：一作水。 〔三〕婉：一作脆。 〔四〕客：一作僚。

① 觱栗：也作筚篥，管乐器，用竹做管，用芦苇做嘴。② 李衮：中唐著名歌者。③ 含嚼：指吹奏。④ 轹（lì）轹辚（lín）辚：形容觱篥的声音。⑤ 覼（luó）缕：形容乐音委曲有条理。⑥ 部伍：军队。⑦ 稚齿：年少。

啄木曲

莫买宝剪刀，虚费千金直。
我有心中愁，知君剪不得。
莫磨解结锥[①]，虚劳人气力。
我有肠中结，知君解不得。
莫染红丝线，徒夸好颜色。
我有双泪珠，知君穿不得。
莫近红炉火，炎气徒相逼。
我有两鬓霜，知君销不得。
刀不能剪心愁，锥不能解肠结。
线不能穿泪珠，火不能销鬓雪。
不如饮此神圣杯，万念千忧一时歇。

① 解结锥：古代骨制的解结用具，形如锥。

题灵岩寺[一]

娃宫屧廊寻已倾，研池香径又欲平。
二三月时但草绿，几百年来空月明。
使君虽老颇多思，携觞领妓处处行。
今愁古恨入丝竹，一曲凉州无限情。
直自当时到今日，中间歌吹更无声。

〔一〕寺即吴馆娃宫，鸣屧廊、砚池、采香径遗迹在焉。

日渐长赠周殷二判官

日渐长，春尚早。

墙头半露红萼[1]枝，池岸新铺绿芽草。

蹋草攀枝仰头叹，何人知此春怀抱。

年颜[2]盛壮名未成，官职欲高身已老。

万茎白发真堪恨[3]，一片绯衫[4]何足道。

赖得君来劝一杯，愁开闷破心头好。

① 红萼：红花。萼，指花瓣。② 年颜：年龄。颜，面色。③ 恨：遗憾，恼恨。④ 绯衫：唐代四品、五品文官的官服。此指代官爵。

花前叹

前岁花前五十二，今岁花前五十五。

岁课年功头发知，从霜成雪君看取〔一〕。

几人得老莫自嫌，樊李吴韦尽成土〔二〕。

南州桃李北州梅，且喜年年作花主。

花前置酒谁相劝，容坐唱歌满起舞〔三〕。

欲散重拈花细看，争知[3]明日无风雨。

〔一〕公自注：五年前在杭州有诗云“五十二人头似霜”。〔二〕自注：樊绛州宗师、李谏议景伦、吴饶州丹、韦侍郎颉，皆旧往还，相次丧逝。　〔三〕自注：容、满皆妓名也。

就花枝

就花枝，移酒海，今朝不醉明朝悔。
且算欢娱逐日来，任他容鬓随年改。
醉翻衫袖抛小令①，笑掷骰盘②呼大采③。
自量气力与心情，三五年间犹得在。

① 小令：酒令。② 骰（tóu）盘：掷骰子的盘子。③ 大采：即最大的胜利。

醉题沈子明壁

不爱君池东十丛菊，不爱君池南万竿竹。
爱君帘下唱歌人，色似芙蓉声似玉。
我有阳关①君未闻，若闻亦应愁杀君。

① 阳关：地名，在甘肃敦煌，此为古曲《阳关三叠》的简称，泛指离别时唱的歌曲。

劝酒

劝君一杯君莫辞，劝君两杯君莫疑，劝君三杯君始知。
面上今日老昨日，心中醉时胜醒时。
天地迢迢自长久，白兔赤乌①相趁走。

身后堆金拄北斗，不如生前一尊酒。
君不见，春明门外天欲明，喧喧歌哭半死生。
游人驻马出不得，白舆紫车争路行。
归去来，头已白，典钱将用买酒吃。

① 白兔赤乌：本指月亮和太阳，后人多以日升月落指代时间。

对镜吟

白头老人照镜时，掩镜沉吟吟旧诗。
二十年前一茎白，如今变作满头丝〔一〕。
吟罢回头索杯酒，醉来屈指数亲知。
老于我者多穷贱，设使[①]身存寒且饥。
少于我者半为土，墓树已抽三五枝。
我今幸得见头白，禄俸不薄官不卑。
眼前有酒心无苦，只合欢娱不合悲。

〔一〕自注：余二十年前尝有诗云："白发生一茎，朝来明镜里。勿言一茎少，满头从此始。"今则满头矣。

① 设使：假使，如果。

耳顺吟寄敦诗[①]梦得[②]

三十四十五欲牵，七十八十百病缠。
五十六十却不恶，恬淡清净心安然。

已过爱贪声利后，犹在病羸昏耄[3]前。
未无筋力寻山水，尚有心情听管弦。
闲开新酒常数盏，醉忆旧诗吟一篇。
敦诗梦得且相劝，不用嫌他耳顺年。

① 敦诗：即崔群（772—832），字敦诗，号养浩，贝州武城（今河北故城）人，唐代诗人。② 梦得：即刘禹锡（772—842），字梦得，河南洛阳人，生于苏州嘉兴（今浙江嘉兴），唐代诗人。③ 昏耄（mào）：衰老，老迈。

忆旧游〔一〕

忆旧游，旧游安在哉。
旧游之人半白首，旧游之地多苍苔。
江南旧游凡几处，就中最忆吴江隈[1]。
长洲绿苑柳万树，齐云楼春酒一杯。
阊门晓严旗鼓出，皋桥夕闹船舫回。
修蛾[2]慢脸灯下醉，急管繁弦头上催。
六七年前狂烂漫，三千里外思徘徊。
李娟张态一春梦，周五殷三归夜台[3]。
虎丘月色为谁好，娃宫花枝应自开。
赖得刘郎解吟咏，江山气色合归来〔二〕。

〔一〕寄刘苏州。　〔二〕自注：娟、态，苏州妓名。周、殷，苏州从事。

① 隈：山水等弯曲的地方。② 修蛾：修长的眉毛。③ 夜台：

即坟墓，因坟墓之下无光，故称。

答崔宾客晦叔十二月四日见寄〔一〕

今岁日余二十六，来岁年登六十二。
尚不能忧眼下身，因何更算人间事。
居士忘筌①默默坐，先生枕麹②昏昏睡。
早晚相从归醉乡，醉乡去此无多地。

〔一〕自注：来篇云："共相呼唤醉归来。"

① 忘筌：《庄子·外物》："筌者所以在鱼，得鱼而忘筌；蹄者所以在兔，得兔而忘蹄；言者所以在意，得意而忘言。吾安得夫忘言之人而与之言哉！" ② 枕麹（qū）：指代嗜酒。

劝我酒

劝我酒，我不辞。请君歌，歌莫迟。
歌声长，辞亦切，此辞听者堪愁绝。
洛阳女儿①面似花，河南大尹②头如雪。

① 洛阳女儿：泛指酒宴上的年轻女孩。② 大尹：本为古代对府县行政长官的称呼，此为诗人自称。白居易太和五年（831）任河南尹。

除官赴关[1]留赠微之

去年十月半，君来过浙东。

今年五月尽，我发向关中。

两乡默默心相别，一水盈盈路不通。

从此津人[2]应省事，寂寥无复递诗筒。

① 除官赴关：授予官职，赶赴京城上任。② 津人：渡船的船夫。

舒员外游香山寺，数日不归，兼辱尺书，大夸胜事[1]，时正值坐衙虑囚之际，走笔题长句以赠之

香山石楼倚天开，翠屏壁立波环回。

黄菊繁时好客到，碧云合处佳人来。

酡颜[2]一笑夭桃绽，清吟数声寒玉哀。

轩骑逶迟[3]棹容与[4]，留连三日不能回。

白头老尹府中坐，早衙才退暮衙催。

庭前阶上何所有，累囚成贯案成堆。

岂无池塘长秋草，亦有丝竹生尘埃。

今日清光昨夜月，竟无人来劝一杯。

① 胜事：指寺、观中的法会、斋醮等。② 酡颜：饮酒脸红的样子。③ 逶迟：弯曲下垂的样子。④ 容与：从容闲适的样子。

秋日与张宾客、舒著作同游龙门，醉中狂歌凡二百三十八字

秋天高高秋光清，秋风嫋嫋[1]秋虫鸣。
嵩峰余霞锦绮卷，伊水细浪鳞甲生。
洛阳闲客知无数，少出游山多在城。
商岭老人[2]自追逐，蓬丘逸士[3]相逢迎。
南出鼎门十八里，庄店逦迤桥道平。
不寒不热好时节，鞍马稳快衣衫轻。
并辔踟蹰下西岸，扣舷容与绕中汀。
开怀旷达无所系，触目胜绝不可名。
荷衰欲黄荇犹绿，鱼乐自跃鸥不惊。
翠藻蔓长孔雀尾，彩船橹急寒雁声。
家酝一壶白玉液，野花数把黄金英。
昼游四看西日暮，夜话三及东方明。
暂停杯觞辍吟咏，我有狂言君试听。
丈夫一生有二志，兼济独善难得并。
不能救疗生民病[4]，即须先濯尘土缨。
况吾头白眼已暗，终日戚促[5]何所成。
不如展眉开口笑，龙门醉卧香山行。

① 嫋嫋（niǎo niǎo）：即袅袅。② 商岭老人：即商山四皓，东园公唐秉、夏黄公崔广、绮里季吴实、甪（lù）里先生周术，此指张仲方。③ 蓬丘逸士：蓬丘即蓬莱山，唐人常以蓬莱山、蓬莱阁指代秘书省或秘书监，著作郎隶属秘书省管辖，故称。④ 生民病：指人民的疾苦。⑤ 戚促：穷迫。

履信池樱桃岛上醉后走笔，送别舒员外，兼寄宗正李卿、考功崔郎中

樱桃岛前春，去春花万枝。

忽忆与宗卿闲饮日，又忆与考功狂醉时。

岁晚无花空有叶，风吹满地干重叠。

蹋叶悲秋复忆春，池边树下重殷勤。

今朝一酌临寒水，此地三回别故人。

樱桃花，来春千万朵，来春共谁花下坐。

不论崔李上青云，明日舒三亦抛我。

雪中晏起[①]偶咏所怀，兼呈张常侍、韦庶子、皇甫郎中

穷阴苍苍雪雰雰[②]，雪深没胫泥埋轮。

东家典钱归碍夜[③]，南家贳米[④]出凌晨。

我独何者无此弊，复帐重衾暖若春。

怕寒放懒不肯动，日高睡足方频伸。

瓶中有酒炉有炭，瓮中有饭庖有薪。

奴温婢饱身晏起，致兹快活良有因。

上无皋陶伯益[⑤]廊庙材，的不能匡君辅国活生民。

下无巢父许由[⑥]箕颍[⑦]操，又不能食薇饮水自苦辛。

君不见南山悠悠多白云，又不见西京浩浩唯红尘。

红尘闹热白云冷，好于冷热中间安置身。

三年侥幸忝洛尹，两任优稳为商宾。

非贤非愚非智慧，不富不贵不贱贫。

冉冉老去过六十，腾腾闲来经七春。

不知张韦与皇甫，私唤我作何如人。

① 晏起：很晚起床。② 雰（fēn）雰：飘落的样子。③ 碍夜：深夜。④ 贳（shì）米：赊米。⑤ 皋陶伯益：二人均为传说中上古时的良臣。皋陶，虞舜时的执法官；伯益，一作伯翳，也称大费，曾协助大禹治水。⑥ 巢父许由：二人均为传说中的隐士。据说尧曾让位于二人，皆不受。⑦ 箕颍：相传上古隐士许由即居住于此。后人常以此指代隐士隐居之地。

闲吟

贫穷汲汲[1]求衣食，富贵营营[2]役心力。

人生不富即贫穷，光阴易过闲难得。

我今幸在穷富间，虽在朝廷不入山。

看雪寻花玩风月，洛阳城里七年闲。

① 汲汲：急切的样子。② 营营：追求的样子。

诏下

昨日诏下去罪人，今日诏下得贤臣。

进退者谁非我事，世间宠辱常纷纷。

我心与世两相忘，时事虽闻如不闻。

但喜今年饱饭吃，洛阳禾稼如秋云。
更倾一尊歌一曲，不独忘世兼忘身。

池上作〔一〕

西溪风生竹森森，南潭萍开水沉沉。
从翠万竿湘岸色，空碧一泊松江心。
浦派萦回误远近，桥岛向背迷登临。
澄澜方丈若万顷，倒影咫尺如千寻。
泛然独游邈然坐，坐念行心思古今。
菟裘[1]不闻有泉沼，西河亦恐无云林。
岂如白翁退老地，树高竹密池塘深。
华亭双鹤白矫矫[2]，太湖四石青岑岑[3]。
眼前尽日更无客，膝上此时惟有琴。
洛阳冠盖[4]自相索，谁肯来此同抽簪[5]。

〔一〕自注：西溪、南潭，皆池中胜处也。

① 菟裘（tù qiú）：典出《史记·鲁周公世家》。“十一年冬……隐公曰：‘有先君命。吾为允少，故摄代。今允长矣，吾方营菟裘之地而老焉，以授子允政。’”后世将士大夫告老退隐的处所称作“菟裘”。② 矫矫：飞动的样子。③ 岑岑：高耸的样子。④ 冠盖：冠为礼帽，盖为车顶，一般为古代官员所服和所乘之物。此处指代官吏。⑤ 抽簪：古代作官的人束发整冠时要用到簪子，故后世多用抽簪来表示辞官。

咏史〔一〕

秦磨利刀斩李斯，齐烧沸鼎烹郦其①。
可怜黄绮②入商洛，闲卧白云歌紫芝③。
彼为菹醢④几上尽，此作鸾凤天外飞。
去者逍遥来者死，乃知祸福非天为。

〔一〕九年十一月作。

① 郦其：即郦食其。② 黄绮：夏黄公崔广、绮里季吴实的合称。③ 紫芝：《紫芝曲》是商山四皓在秦末创作的诗歌。④ 菹醢（zū hǎi）：为古代酷刑。菹，腌菜；醢，肉酱。

哭师皋①

南康丹旐引魂回，洛阳篮舁②送葬来。
北邙原边草树畔〔一〕，月苦烟愁夜过半。
妻孥兄弟号一声，十二人肠一时断。
往者何人送者谁，乐天哭别师皋时。
平生分义向人尽，今日哀冤唯我知。
我知何益徒垂泪，篮舆回竿马回辔。
何日重闻扫市歌，谁家收得琵琶妓〔二〕。
萧萧风树白杨影，苍苍露草青蒿气。
更就坟边哭一声，与君此别终天地。

〔一〕草树：一作尹屯。　〔二〕自注：师皋醉后善歌《扫市词》，又有小妓工琵琶，不知今落在何处。

① 师皋：即杨虞卿，字师皋，虢州弘农（今河南灵宝）人，唐代大臣、诗人，白居易妻子杨氏的从父兄，大和九年（835），被贬为虔州司户参军，卒于任上，当年归葬洛阳。② 篮舁（yú）：即篮舆，古代供人乘坐的交通工具，类似后世的轿子。

感旧〔一〕

故李侍郎杓直，长庆元年春薨。元相公微之，太和六年秋薨。崔侍郎晦叔，太和七年夏薨。刘尚书梦得，会昌二年秋薨。四君子，予之执友也。三十年间，凋零共尽，唯予衰病，至今独存。因咏悲怀，题为《感旧》。

晦叔坟荒草已陈，梦得墓湿土犹新。

微之捐馆[①]将一纪[②]，杓直归丘[③]二十春。

城中虽有故第宅，庭芜园废生荆榛[④]。

箧中亦有旧书札，纸穿字蠹成灰尘。

平生定交取人窄，屈指相知唯五人。

四人先去我在后，一枝蒲柳衰残身。

岂无晚岁新相识，相识面亲心不亲。

人生莫羡苦长命，命长感旧多悲辛。

〔一〕并序。

① 捐馆：为死亡的委婉说法。捐，放弃；馆，官员府邸。② 一纪：木星绕太阳一周约需十二年，故古人将十二年称为一纪。③ 归丘：意为死亡，典出《礼记·檀弓上》："古之人有言曰：'狐死正丘首。仁也。'" ④ 荆榛：指丛生灌木，多形容荒芜情景。

达哉乐天行

达哉达哉白乐天，分司东都十三年。
七旬才满冠已挂[①]，半禄未及车先悬[②]。
或伴游客春行乐，或随山僧夜坐禅。
二年忘却问家事，门庭多草厨少烟。
庖童[③]朝告盐米尽，侍婢暮诉衣裳穿。
妻孥[④]不悦甥侄闷，而我醉卧方陶然。
起来与尔画生计，薄产处置有后先。
先卖南坊十亩园，次卖东郭五顷田。
然后兼卖所居宅，仿佛获缗[⑤]二三千。
半与尔充食衣费，半与吾供酒肉钱。
吾今已年七十一，眼昏须白头风眩。
但恐此钱用不尽，即先朝露归夜泉[⑥]。
未归且住亦不恶，饥餐乐饮安稳眠。
死生无可无不可，达哉达哉白乐天。

① 冠已挂：即挂冠，辞官。② 车先悬：即悬车，辞官居家。③ 庖童：负责做饭的小童。④ 妻孥（nú）：妻子和儿女。⑤ 缗：古人把一千文铜钱穿成一串叫一缗。⑥ 夜泉：黄泉。

苏东坡七古上

七十四首

辛丑十一月十九日既与子由别于郑州西门之外，马上赋诗一篇寄之

不饮胡为醉兀兀，此心已逐归鞍发。

归人[①]犹自念庭闱[②]，今我何以慰寂寞。

登高回首坡陇隔，惟见乌帽出复没。

苦寒念尔衣裘薄，独骑瘦马踏残月。

路人行歌居人乐，僮仆怪我苦凄恻。

亦知人生要有别，但恐岁月去飘忽。

寒灯相对记畴昔[③]，夜雨何时听萧瑟。

君知此意不可忘，慎勿苦爱高官职〔一〕。

〔一〕公自注：尝有夜雨对床之言，故云尔。

① 归人：此指苏辙。② 庭闱：内舍，多指父母居住处，此指父亲苏洵。③ 畴昔：往昔，从前。

和子由踏青

东风陌上惊微尘，游人初乐岁华新。

人闲正好路傍饮，麦短未怕游车轮。

城中居人厌城郭，喧阗[①]晓出空四邻。

歌鼓惊山草木动，箪瓢[②]散野乌鸢驯。

何人聚众称道人，遮道卖符色怒瞋。

宜蚕使汝茧如瓮，宜畜使汝羊如麇[3]。
路人未必信此语，强为买服禳[4]新春。
道人得钱径沽酒，醉倒自谓吾符神。
〇前八句叙踏青，后八句就道人卖符生波。

① 喧阗（tián）：热闹喧哗的样子。② 箪瓢：箪为食器，瓢是饮具。③ 麇（jūn）：兽名，即獐子。④ 禳：祈福除灾。

和子由蚕市

蜀人衣食常苦艰，蜀人游乐不知还。
千人耕种万人食，一年辛苦一春闲。
闲时尚以蚕为市，共忘辛苦逐欣欢。
去年霜降砍秋荻，今年箔[1]积如连山。
破瓢为轮土为釜[2]，争买不翅[3]金与纨。
忆昔与子皆童丱[4]，年年废书走市观。
市人争夸斗巧智，野人喑哑[5]遭欺谩。
诗来使我感旧事，不悲去国[6]悲流年[7]。

① 箔：养蚕用的席子。②“破瓢”句：指缫丝的工具，瓢轮、土釜。③ 不翅：即不啻，无异于。④ 童丱（guàn）：指童子、童年。丱，古代儿童束的上翘的两只角辫。⑤ 喑（yīn）哑：本义为难以说话、不能说话，此指口舌笨拙、不善言辞。⑥ 去国：离开故乡。⑦ 流年：流逝的时光。

记所见开元寺吴道子画佛灭度[①]，以答子由

西方真人谁所见，衣被七宝[②]从双狻[③]。

当时修道颇辛苦，柏生两肘乌巢肩。

初如濛濛隐山玉，渐如濯濯出水莲。

道成一旦就空灭，奔会四海悲人天。

翔禽哀响动林谷，兽鬼踯躅泪迸泉。

庞眉深目彼谁子，绕床弹指性自圆。

隐如寒月堕清昼，空有孤光留故躔[④]。

春游古寺拂尘壁，遗像久此霾香烟。

画师不复写名姓，皆云道子口所传。

纵横固已蔑孙邓，有如巨鳄吞小鲜。

来诗所夸孰与比，安得携挂其旁观。

①灭度：即涅槃，又称圆寂。②衣被七宝：即着七宝袈裟。③狻（suān）：传说中的一种猛兽。④躔（chán）：日月星辰运转的轨道。

石鼓歌

冬十二月岁辛丑，我初从政见鲁叟[①]。

旧闻石鼓今见之，文字郁律[②]蛟蛇走。

细观初以指画肚，欲读嗟如箝在口。

韩公好古生已迟，我今况又百年后。

强寻偏傍推点画，时得一二遗八九。

我车既攻马亦同，其鱼维鲂贯之柳[一]。

古器纵横犹识鼎，众星错落仅名斗。
模糊半已似瘢胝[③]，诘曲犹能辨跟肘。
娟娟缺月隐云雾，濯濯嘉禾秀良莠。
漂流百战偶然存，独立千载谁与友。
上追轩颉[④]相唯诺，下揖冰斯[⑤]同鷇彀[二][⑥]。
忆昔周宣歌鸿雁，当时籀史变蝌蚪[⑦]。
厌乱人方思圣贤，中兴天为生耆耇。
东征徐虏阚虓虎，北伏[三]犬戎随指嗾。
象胥[⑧]杂沓贡狼鹿，方召联翩赐圭卣。
遂因鼓鼙思将帅，岂为考击烦矇瞍。
何人作颂比崧高，万古斯文齐岣嵝。
勋劳至大不矜伐，文武未远犹忠厚。
欲寻年岁无甲乙，岂有名字记谁某[四]。
自从周衰更七国，竟使秦人有九有[⑨]。
扫除诗书诵法律，投弃俎豆陈鞭杻。
当年何人佐祖龙[⑩]，上蔡公子牵黄狗。
登山刻石颂功烈，后者无继前无偶。
皆云皇帝巡四国，烹灭强暴救黔首。
六经既已委灰尘，此鼓亦当遭击掊。
传闻九鼎沦泗上，欲使万夫沉水取。
暴君纵欲穷人力，神物义不污秦垢。
是时石鼓何处避，无乃天工令鬼守。
兴亡百变物自闲，富贵一朝名不朽。
细思物理坐叹息，人生安得如汝寿[五]。

〔一〕公自注：其词云："我车既攻，我马亦同。"又云："其鱼维何？维鱮（xù）维鲤；何以贯之？维杨与柳。"惟此六句可读，余多不可通。　〔二〕以上推寻字体。　〔三〕伏：一作伐。

〔四〕以上叙石鼓为周宣王时作。　〔五〕以上论鼓不为秦所掊击。

①鲁叟：一般指孔子。苏轼于嘉祐六年任大理评事、签书凤翔府判官，十二月赴孔庙观看石鼓。②郁律：曲折的样子。③瘢胝（bān zhī）：疤痕和趼子。④轩颉：轩即轩辕黄帝，颉即苍颉。⑤冰斯：指唐书法家李阳冰与李斯。⑥鷇彀（kòu gòu）：雏鸟。⑦蝌蚪：即蝌蚪文，一种书体，因头粗尾细形似蝌蚪而得名。⑧象胥：周代官名。⑨九有：即九州。⑩祖龙：指秦始皇嬴政。

王维吴道子画

何处访吴画，普门与开元。

开元有东塔，摩诘留手痕。

吾观画品中，莫如二子尊。

道子实雄放，浩如海波翻。

当其下手风雨快，笔所未到气已吞。

亭亭双林间，彩晕扶桑暾[1]。

中有至人谈寂灭，悟者悲涕迷者手自扪。

蛮君鬼伯千万万，相排竞进头如鼋。

摩诘本诗老，佩芷袭芳荪。

今观此壁画，亦若其诗清且敦。

祇园弟子尽鹤骨，心如死灰不复温。

门前两丛竹，雪节贯霜根。

交柯乱叶动无数，一一皆可寻其源。

吴生虽妙绝，犹以画工论。

摩诘得之于象外，有如仙翮谢笼樊。

吾观二子皆神俊，又于维也敛衽[2]无间言。

① 暾（tūn）：形容日光明亮温暖。② 敛衽（rèn）：整理衣襟，以示恭敬。

维摩像唐杨惠之[1]塑，在天柱寺

昔者子舆病且死，其友子祀往问之[2]。

跰躚[3]鉴井自叹息，造物将安以我为。

今观古塑维摩像，病骨磊嵬[4]如枯龟。

乃知至人外生死，此身变化浮云随。

至人岂不硕且好，身虽未病心已疲。

此叟神完中有恃，谈笑可却千熊罴[5]。

当其在时或问法，俯首无言心自知。

世今遗像兀不语，与昔未死无增亏。

田翁俚妇那肯顾，时有野鼠衔其髭[6]。

见之使人每自失，谁能与结无言师。

① 杨惠之：唐人，善雕塑，尤其擅塑罗汉像。②“昔者”“其友”二句：《庄子・大宗师》载，子舆病，好友子祀慰问他说：“伟哉，夫造物者，将以予为此拘拘也。”③ 跰躚（pián xiān）：足有疾病而难行的样子。④ 磊嵬：高大的样子。⑤ 熊罴（pí）：熊和罴皆为猛兽，常比喻勇士或雄师劲旅。⑥ 髭（zī）：短须。

秦穆公墓

橐泉[①]在城东，墓在城中无百步。

乃知昔未有此城，秦人以泉识公墓。

昔公生不诛孟明[②]，岂有死之日而忍用其良。

乃知三子殉公意，亦如齐之二子从田横。

古人感一饭，尚能杀其身。

今人不复见此等，乃以所见疑古人。

古人不可望，今人益可伤。

① 橐（tuó）泉：即橐泉宫，秦宫殿名。② 孟明：即孟明视，姜姓，百里氏，名视，字孟明，春秋时期秦国大夫百里奚之子。

将往终南和子由见寄

人生百年寄鬓须，富贵何啻[①]葭中莩[②]。

惟将翰墨留染濡，绝胜醉倒蛾眉扶。

我今废学如寒竽，久不吹之涩欲无。

岁云暮矣嗟几余，欲往南溪侣禽鱼。

秋风吹雨凉生肤，夜长耿耿添漏壶。

穷年弄笔衫袖乌，古人有之我愿如。

终朝危坐学僧趺[③]，闭门不出闲履凫。

下视官爵如泥淤，嗟我何为久踟蹰。

岁月岂肯与汝居，仆夫起餐秣吾驹。

① 何啻（chì）：反问语气，表示不止。② 莩（fú）：芦苇秆里

面的薄膜。③ 僧趺（fū）：即僧人趺坐。

二十七日自阳平至斜谷，宿于南山中蟠龙寺

横槎晚渡碧涧口，骑马夜入南山谷。
谷中暗水响泷泷，岭上疏星明煜煜。
寺藏岩底千万仞，路转山腰三百曲。
风生饥虎啸空林，月黑惊麏①窜修竹。
入门突兀见深殿，照佛青荧有残烛。
愧无酒食待游人，旋斫杉松煮溪蔌。
板阁独眠惊旅枕，木鱼晓动随僧粥。
起观万瓦郁参差，日乱千岩散红绿。
门前商贾负椒荈②，山后咫尺连巴蜀。
何时归耕江上田，一夜心逐南飞鹄。

① 麏（jūn）：同“麇”，亦指獐子。② 荈（chuǎn）：指采摘时间较晚的茶。

渼陂①鱼〔一〕

霜筠细破为双掩，中有长鱼如卧剑。
紫荇穿腮气惨凄，红鳞照座光磨闪。
携来虽远鬣尚动，烹不待熟指先染。
坐客相看为解颜，香粳饱送如填堑。

早岁尝为荆渚客，黄鱼屡食沙头店。
滨江易采不复珍，盈尺辄弃无乃僭。
自从西征复何有，欲致南烹嗟久欠，
游鲦[2]琐细空自腥，乱骨纵横动遭砭，
故人远馈何以报，客俎久空惊忽赡。
东道无辞信使频，西邻幸有庖齑酽[3]。

〔一〕公自注：陂在鄠县。

① 渼陂：在今陕西户县，产鱼，味美。② 鲦（chóu）：白鲦鱼。③ 齑酽（jī yàn）：此指烹鱼用的调味品。

司竹监烧苇园，因召都巡检柴贻勖左藏，以其徒会猎园下

官园刈苇岁留槎，深冬放火如红霞。
枯槎烧尽有根在，春雨一洗皆萌芽。
黄狐老兔最狡捷，卖侮百兽常矜夸。
年年此厄竟不悟，但爱蒙密争来家。
风回焰卷毛尾爇，欲出已被苍鹰遮〔一〕。
野人来言此最乐，徒手晓出归满车。
巡边将军在近邑，呼来飒飒从矛叉。
戍兵久闲可小试，战鼓虽冻犹堪挝。
雄心欲搏南涧虎，阵势颇学常山蛇。
霜干火烈声爆野，飞走无路号且呀。
迎人截来砉逢箭，避犬逸去穷投罝[1]。

击鲜走马殊未厌，但恐落日催栖鸦。

弊旗仆鼓坐数获，鞍挂雉兔肩分麚〔二〕。

主人置酒聚狂客，纷纷醉语晚更哗。

燎毛燔肉不暇割，饮啖直欲追羲娲。

青丘云梦古所咤，与此何啻百倍加。

苦遭谏疏说夷羿[2]，又被赋客嘲淫奢。

岂如闲官走山邑，放旷不与趋朝衙。

农工已毕岁云暮，车骑虽少宾殊佳。

酒酣上马去不告，猎猎霜风吹帽斜〔三〕。

〔一〕自此以上言狐兔岁藏苇中，叙猎之地。　〔二〕以上正赋猎事。　〔三〕以上猎罢置酒。

① 罝（jū）：捕兔的网，泛指捕鸟兽的网。② 夷羿：夏代有穷国君主，太康死后，夷羿自立为君，但夷羿忙于打猎，被亲信寒浞所杀。

王颐赴建州钱监求诗及草书

我昔识子自武功，寒厅夜语尊酒同。

酒阑烛尽语不尽，倦仆立寐僵屏风。

丁宁劝学不死诀，自言亲受方瞳翁[1]。

嗟予闻道不早悟，醉梦颠倒随盲聋。

迩来忧患苦摧剥，意思萧索如霜蓬。

羡君颜色愈少壮，外慕渐少由中充。

河车[2]挽水灌脑黑，丹砂伏火入颊红。

大梁相逢又东去，但道何日辞樊笼。

未能便乞勾漏令，官曹似是锡与铜。
留诗河上慰离别，草书未暇缘匆匆。

① 方瞳翁：语出晋葛洪《抱朴子·祛惑》:“仙人目瞳皆方。洛中见之白仲理者，为余说其瞳正方，如此果是异人也。”后世多代指仙人、得道之人。② 河车：指铅，道士炼丹的原料。

石苍舒醉墨堂

人生识字忧患始，姓名粗记可以休。
何用草书夸神速，开卷惝恍令人愁。
我尝好之每自笑，君有此病何能瘳[①]。
自言其中有至乐，适意无异逍遥游。
近者作堂名醉墨，如饮美酒销百忧。
乃知柳子[②]语不妄，病嗜土炭如珍羞。
君于此艺亦云至，堆墙败笔如山丘。
兴来一挥百纸尽，骏马倏忽踏九州。
我书意造本无法，点画信手烦推求。
胡为议论独见假，只字片纸皆藏收。
不减锺张君自足，下方罗赵我亦优。
不须临池更苦学，完取绢素充衾裯[③]。

① 瘳（chōu）：病愈。②“乃知”“病嗜”二句：柳宗元《报崔黯秀才论为文书》：吾尝见病心腹人，有思啖土炭、嗜酸咸者，不得则大戚。其亲爱之者不忍其戚，因探而与之。③ 衾裯（qīn chóu）：指被褥床帐等卧具。

送安惇秀才失解[1]西归

旧书不厌百回读，熟读深思子自知。
他年名宦恐不免，今日栖迟[2]那可追。
我昔家居断还往，著书不复窥园葵[3]。
朅来东游慕人爵，弃去旧学从儿嬉。
狂谋谬算百不遂，惟有霜鬓来如期。
故山松柏皆手种，行且拱矣归何时[4]。
万事早知皆有命，十年浪走宁非痴。
与君未可较得失，临别惟有长嗟咨。

①失解：科举未能考中。②栖迟：漂泊失意。③“著书”句：指专心读书。《汉书·董仲舒传》：“董仲舒，广川人也。少治春秋，孝景时为博士。下帷讲诵，弟子传以久次相授业，或莫见其面。盖三年不窥园，其精如此。”④“行且”句：指时间过去很久，不知归期。《左传·僖公三十二年》：“蹇叔哭之，曰：‘孟子，吾见师之出而不见其入也。’公使谓之曰：‘尔何知？中寿，尔墓之木拱矣。’”

送任伋通判黄州兼寄其兄孜〔一〕

吾州之豪任公子，少年盛壮日千里。
无媒自进谁识之，有才不用今老矣。
别来十年学不厌，读破万卷诗愈美。
黄州小郡夹溪谷，茅屋数家依竹苇。
知命无忧子何病，见贤不荐谁当耻。
平原老令更可悲，六十青衫贫欲死。

桐乡遗老至今泣[1]，颍川大姓谁能箠[2]。

因君寄声问消息，莫对黄鹞矜爪觜。

〔一〕王注：孜时为简州平泉令，字师圣；伋字师中。皆名士，眉人也。东坡谓之大任、小任。兄弟于庆历间登第。

①“桐乡”句：指朱邑死后，百姓爱敬祭祀。《汉书·朱邑传》：“及死，其子葬之桐乡西郭外，民果然共为邑起冢立祠，岁时祠祭，至今不绝。”②“颍川”句：指赵广汉擒制豪强。《汉书·赵广汉传》：“迁颍川太守。郡大姓原、褚宗族横恣，宾客犯为盗贼，前二千石莫能禽制。广汉既至数月，诛原、褚首恶，郡中震栗。”

送吕希道知和州〔一〕

去年送君守解梁，今年送君守历阳。

年年送人作太守，坐受尘土堆胸肠。

君家联翩三将相，富贵未已今方将。

凤雏骥子生有种，毛骨往往传诸郎。

观君崛郁[1]负奇表，便合剑佩趋明光[2]。

胡为小郡屡奔走，征马未解风帆张。

我生本自便江海，忍耻未去犹彷徨。

无言赠君有长叹，美哉河水空洋洋[3]。

〔一〕施注：吕希道，字景纯，河东人，丞相文靖公之孙，翰林侍读学士公绰之子，历知解、和、滁、汝、澶、湖、亳七州。

① 崛郁：与众不同的样子。② 明光：即明光殿，西汉宫殿名，此代指朝廷。③“美哉”句：《史记·孔子世家》：“孔子既不得用于卫，将西见赵简子。至于河而闻窦鸣犊、舜华之死也，临河而叹曰：‘美哉水，洋洋乎！丘之不济此，命也夫！’”

送文与可出守陵州

壁上墨君不解语，见之尚可消百忧。
而况我友似君者，素节凛凛欺霜秋。
清诗健笔何足数，逍遥齐物追庄周。
夺官遣去不自觉，晓梳脱发谁能收。
江边乱山赤如赭，陵阳正在千山头。
君知远别怀抱恶，时遣墨君解我愁。

送刘道原归觐[①]南康[一]

晏婴不满六尺长，高节万仞陵首阳[②]。
青衫白发不自叹，富贵在天那得忙。
十年闭户乐幽独，百金购书收散亡。
朅来东观弄丹墨，聊借旧史诛奸强。
孔融不肯下曹操，汲黯本自轻张汤。
虽无尺箠与寸刃，口吻排击含风霜。
自言静中阅世俗，有似不饮观酒狂。
衣巾狼藉又屡舞，傍人大笑供千场。
交朋翩翩去略尽，惟我与子犹彷徨。
世人共弃君独厚，岂敢自爱恐子伤。
朝来告别惊何速，归意已逐征鸿翔。
匡庐先生古君子，挂冠两纪鬓未苍。
定将文度置膝上[③]，喜动邻里烹猪羊。
君归为我道名姓，幅巾他日容登堂。

〔一〕施注：刘道原，名恕，筠州人。介甫执政，道原在馆阁，欲引置条例司，固辞。是时，介甫权震天下，人不敢忤，而道原愤愤欲与之校。又条陈所更法令不合众心者，至面刺其过。介甫怒，变色，道原不以为意。或稠人广坐，对其门生诵言得失，无所避，遂与之绝。此诗端为介甫而发，以孔融、汲黯比道原，曹操、张汤况介甫；又云“虽无尺箠与寸刃，口吻排击含风霜”，益著其面折之实也。

① 归觐：归谒君王、父母。②“高节”句：指伯夷、叔齐饿死于首阳山。首阳，即首阳山，在今甘肃渭源。③“定将”句：《晋书·王述传》：“坦之为桓温长史。温欲为子求婚于坦之。及还家省父，而述爱坦之。虽长大，犹抱置膝上。”文度，即王坦之（330—375），字文度，太原晋阳（今山西太原）人，东晋名臣，善书法。

欧阳少师令赋所蓄石屏

何人遗公石屏风，上有水墨希微踪。

不画长林与巨植，独画峨眉山西雪岭上万岁不长之孤松。

崖崩涧绝可望不可到，孤烟落日相溟濛[①]。

含风偃蹇[②]得真态，刻画始信天有工。

我恐毕宏韦偃[③]死葬虢山下，骨可朽烂心难穷。

神机巧思无所发，化为烟霏沦石中。

古来画师非俗士，摹写物象略与诗人同。

愿公作诗慰不遇，无使二子含愤泣幽宫。

① 溟濛：烟雾弥漫、景色模糊的样子。② 偃蹇：高耸的样子。③ 毕宏韦偃：唐代的二位画师。毕宏，京兆（陕西西安）人，善画松、石；韦偃，善画马。

陪欧阳公宴西湖〔一〕

谓公方壮鬓似雪，谓公已老光浮颊。
揭来湖上饮美酒，醉后剧谈犹激烈。
湖边草木新著霜，芙蓉晚菊争煌煌。
插花起舞为公寿，公言百岁如风狂。
赤松[①]共游也不恶，谁能忍饥啖仙药。
已将寿夭付天公，彼徒辛苦吾差乐。
城上乌栖暮霭生，银缸[②]画烛照湖明。
不辞歌诗劝公饮，坐无桓伊能抚筝。

〔一〕王注：颍州西湖。

① 赤松：即赤松子，又名赤诵子，号左圣，传说中的上古仙人，相传为神农时的雨师。② 银缸：指银白色的灯盏、烛台。

泗洲僧伽塔

我昔南行舟系汴，逆风三日沙吹面。
舟人共劝祷灵塔，香火未收旗脚转。
回头顷刻失长桥，却到龟山未朝饭。
至人无心何厚薄，我自怀私欣所便。
耕田欲雨刈欲晴，去得顺风来者怨。
若使人人祷辄遂，造物应须日千变。
我今身世两悠悠，去无所逐来无恋。
得行固愿留不恶，每到有求神亦倦。

退之旧云三百尺[①]，澄观[②]所营今已换。
不嫌俗士污丹梯，一看云山绕淮甸[③]。

①“退之”句：退之，即韩愈。韩愈《送僧澄观》:“火烧水转扫地空，突兀便高三百尺。”② 澄观：即澄观法师（738—838），唐代高僧。③ 淮甸：淮河流域。

十月十六日记所见

风高月暗云水黄，淮阴夜发朝山阳。
山阳晓雾如细雨，炯炯初日寒无光。
云收雾卷已亭午，有风北来寒欲僵。
忽惊飞雹穿户牖，迅驶不复容遮防。
市人颠沛百贾[①]乱，疾雷一声如颓墙[②]。
使君来呼晚置酒，坐定已复日照廊。
恍疑所见皆梦寐，百种变怪旋消亡。
共言蛟龙厌旧穴，鱼鳖随徙空陂塘[③]。
愚儒无知守章句[④]，论说黑白推何祥[⑤]。
惟有主人言可用，天寒欲雪饮此觞。

① 百贾（gǔ）：各行各业的商人。② 颓墙：崩裂的墙壁。③ 陂（bēi）塘：池塘。④ 守章句：拘泥汉儒讲解的章节与句读（dòu）。⑤“论说”句：谈论黑祥还是白祥。白祥，白色灾异，如罕见白色禽兽出现。黑祥，由水而生的征兆。

游金山寺

我家江水初发源，宦游直送江入海。
闻道潮头一丈高，天寒尚有沙痕在。
中泠南畔石盘陀，古来出没随涛波。
试登绝顶望乡国，江南江北青山多。
羁愁畏晚寻归楫，山僧苦留看落日。
微风万顷靴文细，断霞半空鱼尾赤。
是时江月初生魄，二更月落天深黑。
江心似有炬火明，飞焰照山栖鸟惊。
怅然归卧心莫识，非鬼非人竟何物〔一〕。
江山如此不归山，江神见怪惊我顽。
我谢江神岂得已，有田不归如江水。

〔一〕公自注：是夜所见如此。

自金山放船至焦山

金山楼观何耽耽，撞钟击鼓闻淮南。
焦山何有有修竹，采薪汲水僧两三。
云霾浪打人迹绝，时有沙户祈春蚕〔一〕。
我来金山更留宿，而此不到心怀惭。
同游尽返决独往，赋命穷薄轻江潭。
清晨无风浪自涌，中流歌啸倚半酣。
老僧下山惊客至，迎笑喜作巴人谈〔二〕。
自言久客忘乡井，只有弥勒为同龛[①]。
困眠得就纸帐暖，饱食未厌山蔬甘。

山林饥卧古亦有，无田不退宁非贪。

展禽虽未三见黜，叔夜自知七不堪[②]。

行当投劾谢簪组[③]，为我佳处留茅庵。

〔一〕公自注：吴人谓水中可田者为沙。　〔二〕公自注：焦山长老，中江人也。

① 龛（kān）：供奉佛像、神位等的小阁子。②“叔夜”句：嵇康《与山巨源绝交书》：“有必不堪者七，甚不可者二……”。叔夜，即嵇康的字。③ 簪组：冠簪和冠带，比喻高官厚禄。

次韵子由柳湖感物

忆昔子美在东屯，数间茅屋苍山根。

嘲吟草木调蛮獠，欲与猿鸟争啾喧。

子今憔悴众所弃，驱马独出无往还。

惟有柳湖万株柳，清阴与子共朝昏。

胡为讥评不少借，生意凌挫难为繁[①]。

柳虽无言不解愠，世俗乍见应怃然[②]。

娇姿共爱春濯濯，岂问空腹修蛇蟠。

朝看浓翠傲炎赫，夜爱疏影摇清圆。

风翻雪阵春絮乱，蠹[③]响啄木秋声坚。

四时盛衰各有态，摇落凄怆惊寒温。

南山孤松积雪底，抱冻不死谁复贤。

①“生意”句：《晋书·段仲文传》：“仲文因月朔与众至大司马府，府中有老槐树，顾之良久而叹曰：‘此树婆娑，无复生意！’”② 怃然：惊愕的样子。③ 蠹（dù）：蛀蚀器物的虫子。

送蔡冠卿知饶州〔一〕

吾观蔡子与人游，掀髯笑语无不可。

平生傥荡不惊俗，临事迂阔乃过我。

横前坑阱众所畏，布路金珠谁不裹。

尔来变化惊何速，昔号刚强今亦颇。

怜君独守廷尉法，晚岁却理鄱阳柁。

莫嗟天骥逐羸牛，欲试良玉须猛火。

世事徐观真梦寐，人生不信长轗轲[①]。

知君决狱有阴功，他日老人酬魏颗[②]。

〔一〕施注：冠卿与安石议刑名，不合，遂补外，得饶州。公送行，诗意盖在此。

① 轗（kǎn）轲：同“坎坷”。困顿，不得志。②“他日”句：指魏颗受人回报。魏颗，姬姓，令狐氏，名颗，春秋时期晋国将军。《左传·宣公十五年》：“初，魏武子有嬖妾，无子。武子疾，命颗曰：‘必嫁是。’疾病，则曰：‘必以为殉。’及卒，颗嫁之，曰：‘疾病则乱，吾从其治也。’及辅氏之役，颗见老人结草以亢杜回，杜回踬而颠，故获之。夜梦之曰：‘余，而所嫁妇人之父也。尔用先人之治命，余是以报。’”

次韵杨褒早春

穷巷凄凉苦未和，君家庭院得春多。

不辞瘦马骑冲雪，来听佳人唱踏莎[①]。

破恨径须烦麴糵[②]，增年谁复怨羲娥[③]。

良辰乐事古难并，白发青山我亦歌。

细雨郊园聊种菜，冷官门户可张罗。

放朝[4]三日君恩重，睡美不知身在何。

① 踏莎：《踏莎行》的省称。② 麹糵（qǔ niè）：发霉发芽的谷粒。③ 羲娥：羲和与嫦娥，分别为日神和月神，此代指时间。④ 放朝：即朝廷因特殊原因而免去群臣朝参。

腊日游孤山访惠勤、惠思二僧

天欲雪，云满湖，楼台明灭山有无。

水清出石〔一〕鱼可数，林深无人鸟相呼。

腊日不归对妻孥，名寻道人实自娱。

道人之居在何许，宝云山前路盘纡。

孤山孤绝谁肯庐，道人有道山不孤。

纸窗竹屋深自暖，拥褐坐睡依圆蒲。

天寒路远愁仆夫，整驾催归及未晡。

出山回望云木合，但见野鹘[1]盘浮图。

兹游淡薄欢有余，到家恍如梦蘧蘧[2]。

作诗火急[3]追亡逋[4]，清景[5]一失后难摹。

〔一〕出石：一作石出。

① 鹘（gǔ）：野鸟。② 蘧蘧：悠然自得的样子。③ 火急：急如星火，形容急迫。④ 亡逋：逃亡者。⑤ 清景：指作诗时一瞬间脑海中涌现的形象。

李杞寺丞见和前篇复用元韵答之

兽在薮[1]，鱼在湖，一入池槛归期无。
误随弓旌落尘土，坐使鞭箠环呻呼。
追胥[2]连保罪及孥，百日愁叹一日娱。
白云旧有终老约，朱绶岂合山人纡。
人生何者非蘧庐[3]，故山鹤怨秋猿孤。
何时自驾鹿车去，扫除白发烦菖蒲。
麻鞋短后随猎夫，射弋狐兔供朝晡[4]。
陶潜自作五柳传，潘阆画入三峰图。
吾年凛凛今几余，知非不去惭卫蘧。
岁荒无术归亡逋[5]，鹄则易画虎难摹。

① 薮（sǒu）：沼泽。② 追胥（xū）：追捕盗贼。③ 蘧（qú）庐：旅舍。④ 朝晡（bū）：辰时和申时，此指一日两餐。⑤ 亡逋（bū）：逃亡者。

再和

东望海，西望湖，山平水远细欲无。
野人疏狂逐渔钓，刺史宽大容歌呼。
君恩饱暖及尔孥，才者不闲拙者娱。
穿岩度岭脚力健，未厌山水相萦纡。
三百六十古精庐，出游无伴篮舆孤。
作诗虽未造藩阈，破闷岂不贤摴蒱。

君才敏赡兼百夫，朝作千篇日未晡。
朅来湖上得佳句，从此不看营丘图。
知君箧椟富有余，莫惜锦绣偿菅蘧。
穷多斗险谁先逋，赌取名画不用摹。

游灵隐寺得来诗复用前韵

君不见，钱塘湖，钱王壮观今已无。
屋堆黄金斗量珠，运尽不劳折简呼。
四方宦游散其孥，宫阙留与闲人娱。
盛衰哀乐两须臾，何用多忧心郁纡。
溪山处处皆可庐，最爱灵隐飞来孤。
乔松百丈苍髯须，扰扰下笑柳与蒲。
高堂会食罗千夫，撞钟击鼓喧朝晡。
凝香方丈眠氍毹[1]，绝胜絮被缝海图。
清风徐来惊睡余，遂超羲皇傲几蘧[2]。
归时栖鸦正毕逋[3]，孤烟落日不可摹。

① 氍毹（qū shū）：织有花纹图案的毛毯。② 几蘧（qú）：传说中的古帝王名。③ 逋：逃，散。

戏子由

宛丘先生长如丘，宛丘学舍小如舟。
常时低头诵经史，忽然欠伸屋打头。

斜风吹帷雨注面，先生不愧旁人羞。
任从饱死笑方朔，肯为雨立求秦优。
眼前勃溪何足道，处置六凿须天游。
读书万卷不读律，致君尧舜知无术。
劝农冠盖闹如云，送老齑盐甘似蜜。
门前万事不挂眼，头虽长低气不屈〔一〕。
余杭别驾无功劳，画堂五丈容旂旄。
重楼跨空雨声远，屋多人少风骚骚。
平生所惭今不耻，坐对疲氓更鞭箠。
道逢阳虎呼与言，心知其非口诺唯。
居高志下真何益，气节消缩今无几〔二〕。
文章小伎安足程，先生别驾旧齐名。
如今衰老俱无用，付与时人分重轻。

〔一〕以上戏子由。　〔二〕以上自嘲。

越州张中舍寿乐堂〔一〕

青山偃蹇①如高人，常时不肯入官府。
高人自与山有素，不待招邀满庭户。
卧龙蟠屈半东州，万室鳞鳞枕其股。
背之不见与无同，狐裘反衣无乃鲁。
张君眼力觑天奥，能遣荆棘化堂宇。
持颐宴坐不出门，收揽奇秀得十五。
才多事少厌闲寂，卧看云烟变风雨。
笋如玉箸椹如簪，强饮且为山作主。

不忧儿辈知此乐，但恐造物怪多取。

春浓睡足午窗明，想见新茶如泼乳。

〔一〕施注：熙宁五年，签书公事太子中舍张次山字希元创建。张，建康人，号能吏。

① 偃蹇：高耸的样子。

雨中游天竺灵感观音院[①]

蚕欲老，麦半黄，前山后山雨浪浪。

农夫辍耒女废筐，白衣仙人[②]在高堂。

① 灵感观音院：在今浙江杭州，五代钱俶所建。宋仁宗时，因祷雨有应，赐名“灵感观音院”，祀观音菩萨。② 白衣仙人：指观音菩萨。

和蔡准郎中见邀游西湖三首

夏潦[①]涨湖深更幽，西风落木芙蓉秋。

飞雪暗天云拂地，新蒲出水柳映洲。

湖上四时看不足，惟有人生飘若浮。

解颜一笑岂易得，主人有酒君应留。

君不见钱塘游宦客，朝推囚，暮决狱，不因人唤何时休。

城市不识江湖幽，如与蟪蛄语春秋。
试令江湖处城市，却似麋鹿游汀洲。
高人无心无不可，得坎且止乘流浮。
公卿故旧留不得，遇所得意终年留。
君不见抛官彭泽令，琴无弦，巾有酒，醉欲眠时遣客休。

田间决水鸣幽幽，插秧未遍麦已秋。
相携烧笋苦竹寺，却下踏藕荷花洲。
船头斫鲜[2]细缕缕，船尾炊玉香浮浮。
临风饱食得甘寝，肯使细故胸中留。
君不见壮士憔悴时，饥谋食，渴谋饮，功名有时无罢休。

①潦：雨水多。②斫鲜：切鱼。

游径山

众峰来自天目山，势若骏马奔平川。
中途勒破千里足，金鞭玉镫相回旋。
人言山住水亦住，下有万古蛟龙渊。
道人天眼识王气，结茅宴坐荒山巅。
精诚贯山石为裂，天女下试颜如莲。
寒窗暖足来朴朔，夜钵咒水降蜿蜒。
雪眉老人朝扣门，愿为弟子长参禅。
尔来废兴三百载，奔走吴会输金钱。
飞楼涌殿压山破，朝钟暮鼓惊龙眠。

晴空偶见浮海蜃，落日下数投村鸢。
有生共处覆载内，扰扰膏火同烹煎。
近来愈觉世议隘，每到宽处差安便。
嗟余老矣百事废，却寻旧学心茫然。
问龙乞水归洗眼，欲看细字销残年〔一〕。
〔一〕公自注：龙井水洗病眼有效。

试院[①]煎茶

蟹眼已过鱼眼生，飕飕[②]欲作松风鸣。
蒙茸出磨细珠落，眩转绕瓯飞雪轻。
银瓶泻汤夸第二，未识古人煎水意〔一〕。
君不见，昔时李生好客手自煎，贵从活火发新泉。
又不见，今时潞公[③]煎茶学西蜀，定州[④]花瓷琢红玉。
我今贫病常苦饥，分无玉碗捧蛾眉。
且学公家作茗饮，砖炉石铫[⑤]行相随。
不用撑肠拄腹[⑥]文字五千卷，但愿一瓯常及睡足日高时。
〔一〕公自注：古语云“煎水不煎茶”。

① 试院：考试的场所。② 飕飕：风吹松林的声音，形容水沸声。③ 潞公：即文彦博（1006—1097），字宽夫，号伊叟，汾州介休（今山西介休）人，北宋时期大臣，善书法，嘉祐三年（1058），出判河南等地，封潞国公。④ 定州：今河北定州市，宋时定州窑烧的瓷器十分著名。⑤ 石铫（diào）：陶制的小烹器。⑥ 撑肠拄腹：腹中饱满，比喻纳受得多。

孙莘老[1]求墨妙亭诗

兰亭[2]茧纸[3]入昭陵，世间遗迹犹龙腾。
颜公变法出新意，细筋入骨如秋鹰。
徐家父子[4]亦秀绝，字外出力中藏棱。
峄山传刻[5]典刑在，千载笔法留阳冰[6]。
杜陵评书贵瘦硬[7]，此论未公吾不凭。
短长肥瘦各有态，玉环飞燕谁敢憎〔一〕。
吴兴太守真好古，购买断缺挥缣缯。
龟趺[8]入坐螭[9]隐壁，空斋昼静闻登登。
奇踪散出走吴越，胜事传说夸友朋。
书来乞诗要自写，为把栗尾[10]书溪藤[11]。
后来视今犹视昔，过眼百世如风灯。
他年刘郎忆贺监[12]，还道同时须服膺。

〔一〕以上论书，以下叙莘老作亭。

① 孙莘老：即孙觉（1028—1090），字莘老，高邮（今江苏高邮）人，苏轼的好友。② 兰亭：指东晋王羲之《兰亭集序》写本。③ 茧纸：为蚕茧做成，晋代习用的一种纸。④ 徐家父子：即徐峤之、徐浩父子。二人均善书法。⑤ 峄山传刻：《史记·秦始皇本纪》："二十八年，始皇东行郡县，上邹峄山。立石。"峄山，山名，在今山东济宁邹城。⑥ 阳冰：即李阳冰，唐代书法家。⑦"杜陵"句：唐杜甫《李潮八分小篆歌》："苦县光和尚骨立，书贵瘦硬方通神。"⑧ 龟趺（fū）：龟形的碑座。⑨ 螭（chī）：传说中无角的龙。古代常雕刻其形以为装饰。⑩ 栗尾：栗尾笔，用松鼠尾豪制成的笔。⑪ 溪藤：剡溪纸，浙江剡溪所产藤而制成的纸。⑫"他年"句：刘郎，指刘禹锡。贺监，指贺知章，曾任秘书监。刘禹锡作《洛中寺北楼见贺监草书题诗》。

李公择求黄鹤楼诗，因记旧所闻于冯当世者

黄鹤楼前月满川，抱关老卒饥不眠。
夜闻三人笑语言，羽衣著屐响空山。
非鬼非人意其仙，石扉三扣声清圆。
洞中铿鈜[1]落门关，缥缈入石如飞烟。
鸡鸣月落风驭还，迎拜稽首愿执鞭。
汝非其人骨腥膻，黄金乞得重莫肩。
持归包裹敝席毡，夜穿茅屋光射天。
里闾来观已变迁，似石非石铅非铅。
或取而有众忿喧，讼归有司今几年。
无功暴得喜欲颠，神人戏汝真可怜。
愿君为考然不然，此语可信冯公传。

① 铿鈜（kēng hóng）：形容声音洪亮。

八月十日夜看月，有怀子由并崔度贤良

宛丘先生自不饱，更笑老崔穷百巧。
一更相过三更归，古柏阴中看参昴[1]。
去年举君苜蓿盘[2]，夜倾闽酒赤如丹。
今年还看去年月，露冷遥知范叔寒。
典衣自种一顷豆，那知积雨生科斗。
归来四壁草虫鸣，不如王江长饮酒[一]。

〔一〕公自注：王江，陈州道人。

①参昴：参星和昴星。②苜蓿盘：苜蓿菜在盘中纵横错陈的样子，常喻指生活清苦。

催试官考较戏作

八月十五夜，月色随处好。
不择茅檐与市楼，况我官居似蓬岛。
凤咮[1]堂前野橘香，剑潭桥畔秋荷老。
八月十八潮，壮观天下无。
鲲鹏水击三千里，组练[2]长驱十万夫。
红旗青盖互明灭，黑沙白浪相吞屠。
人生会合古难必，此景此行那两得。
愿君闻此添蜡烛，门外白袍如立鹄[3]。

①咮（zhòu）：啄。②组练：组甲、练袍，指武装部队。③立鹄：即鹄立，伸着脖子、踮着脚尖盼望的样子。

盐官部役戏呈同事兼寄述古

新月照水水欲冰，夜霜穿屋衣生棱。
野庐半与牛羊共，晓鼓却随鸦鹊兴。
夜来履破裘穿缝，红颊曲眉应入梦。
千夫在野口如林，岂不怀归畏嘲弄。
我州贤将知人劳，已酿白酒买豚羔。

耐寒努力归不远，两脚冻硬公须软[①]。

①“两脚”句：《新唐书·外戚传》：“帝常岁十月幸华清宫，春乃还，而诸杨汤沐馆在宫东垣，连蔓相照，帝临幸，必遍五家，赏赉不訾计，出有赐，曰‘饯路’，返有劳，曰‘软脚’。远近馈遗阁稚、歌儿、狗马、金贝，踵叠其门。”

朱寿昌郎中少不知母所在，刺血写经求之五十年，去岁得之蜀中，以诗贺之

嗟君七岁知念母，怜君壮大心愈苦。
羡君临老得相逢，喜极无言泪如雨。
不羡白衣[①]作三公，不爱白日升青天，
爱君五十著彩服，儿啼却得偿当年。
烹龙为炙玉为酒，鹤发初生千万寿。
金马诏书锦作囊，白藤肩舆帘蹙绣。
感君离合我酸辛，此事今无古或闻。
长陵朅来见大姊，仲孺[②]岂意逢将军。
开皇[③]苦桃[④]空记面，建中天子终不见。
西河郡守[⑤]谁复讥，颍谷封人[⑥]羞自荐。

○末引六事作收，别是一种章法。

① 白衣：本为古代平民的服饰，后多指平民。② 仲孺：即霍仲孺，河东郡平阳县（今山西临汾）人，霍光、霍去病的生父。③ 开皇：隋文帝杨坚的第一个年号，隋朝使用这个年号共计二十年。④ 苦桃：隋文帝母名。⑤ 西河郡守：指吴起（？—前381），春秋时期大将。⑥ 颍谷封人：指春秋时期曾担任颍谷封人的郑国

大夫颍考叔（？—前712）。

将之湖州戏赠莘老

余杭自是山水窟，侧闻[1]吴兴更清绝。
湖中橘林新著霜，溪上苕花正浮雪。
顾渚茶芽白于齿，梅溪木瓜红胜颊。
吴儿脍缕薄欲飞，未去先说馋涎垂。
亦知谢公到郡久[2]，应怪杜牧寻春迟[3]。
鬓丝只好对禅榻，湖亭不用张水嬉。

①侧闻：听闻。②“亦知”句：六朝时，吴兴郡为重镇，自谢安始，谢氏家族先后多人为吴兴郡太守。谢公，指谢安。③“应怪”句：化用杜牧《叹花》中“自是寻春去校迟，不须惆怅怨芳时”之句。

鸦种麦行

霜林老鸦闲无用，畦东拾麦畦西种。
畦西种得青猗猗[1]，畦东已作牛尾稀。
明年麦熟芒攒槊，农夫未食鸦先啄。
徐行俯仰若自矜，鼓翅跳踉[2]上牛角。
忆昔舜耕历山鸟为耘，如今老鸦种麦更辛勤。
农夫罗拜鸦飞起，劝农使者[3]来行水。

① 猗猗：美盛的样子。② 跳踉：跳跃。③ 劝农使者：官名，负责劝课农桑。

用和人求笔迹韵寄莘老

君不见夷甫开三窟，不如长康[①]号痴绝。

痴人自得终天年，智士死智罪莫雪。

困穷谁要卿料理，举头看山笏拄颊。

野凫翅重自不飞，黄鹤何事两翼垂。

泥中相从岂得久，今我不住行恐迟。

江夏无双应未去，恨无文字相娱嬉〔一〕。

〔一〕公自注：黄庭坚，莘老婿，能文。

① 长康：即顾恺之（348—409），字长康，晋陵无锡（今江苏无锡）人，东晋画家、诗人，后世称其为画绝、才绝和痴绝。

画鱼歌〔一〕

天寒水落鱼在泥，短钩画水如耕犁。

渚浦拔折藻荇乱，此意岂复遗鳅鲵[①]。

偶然信手皆虚击，本不辞劳几〔二〕万一。

一鱼中刃百鱼惊，虾蟹奔忙误跳掷。

渔人养鱼如养雏，插竿贯笠惊鹈鹕。

岂知白挺[②]闹如雨，搅水觅鱼嗟已疏。

〔一〕公自注：湖州道上作。施云：画，胡麦切，音义并同“划”。以钩划鱼，今三吴水乡往往有之。　〔二〕几：同“冀”。

① 鳅鲵：指泥鳅，小鱼。② 白挺：即木杖。

吴中田妇叹〔一〕

今年粳稻熟苦迟，庶见霜风来几时。
霜风来时雨如泻，杷①头出菌镰生衣。
眼枯泪尽雨不尽，忍见黄穗卧青泥。
茅苫②一月陇上宿，天晴获稻随车归。
汗流肩赪③载入市，价贱乞与如糠粞④。
卖牛纳税拆屋炊，虑浅不及明年饥。
官今要钱不要米，西北万里招羌儿。
龚黄⑤满朝人更苦，不如却作河伯妇。

〔一〕公自注：和贾收韵。

① 杷（pá）：同“耙”，翻土的农具。② 茅苫（shān）：茅棚。苫，草帘子。③ 赪（chēng）：红色。④ 粞（xí）：碎米。⑤ 龚黄：即龚遂和黄霸。龚遂，字少卿，山阳郡南平阳县（今山东邹城）人，西汉官员。《汉书·龚遂传》载，龚遂担任渤海太守时，“郡中皆有畜积，吏民皆富实，狱讼止息”。黄霸（前130—前51），字次公，淮阳阳夏（今河南太康）人，西汉官员。《汉书·黄霸传》载，黄霸担任颍川太守时，“以外宽内明得吏民心，户口岁增，治为天下第一”。

游道场山何山

道场山顶何山麓，上彻云峰下幽谷。
我从山水窟中来，尚爱此山看不足。
陂湖行尽白漫漫，青山忽作龙蛇盘。
山高无风松自响，误认石齿号惊湍。
山僧不放山泉出，屋底清池照瑶席。
阶前合抱香入云，月里仙人亲手植。
出山回望翠云鬟，碧瓦朱栏缥缈间。
白水田头问行路，小溪深处是何山。
高人读书夜达旦，至今山鹤鸣夜半。
我今废学不归山，山中对酒空三叹。

至秀州赠钱端公安道并寄其弟惠山老〔一〕

鸳鸯湖边月如水，孤舟夜傍鸳鸯起。
平明系缆石桥亭，惭愧冒寒髯御史。
结交最晚情独厚，论心无数今有几。
寂寞抱关叹萧生[①]，耆老执戟哀杨子[②]。
怪君颜采却秀发，无乃迁谪反便美。
天公欲困无奈何，世人共抑真疏矣〔二〕。
毗陵高山锡无骨，陆子[③]遗味泉冰齿。
贤哉仲氏早拂衣，占断此山长洗耳。
山头望湖光泼眼，山下濯足波生指。
傥容逸少问金堂，记与嵇康留石髓[④]。

〔一〕惠山老：一作惠山山人。　〔二〕已上赠钱安道，以下寄其弟惠山老。

① 萧生：即萧望之（？—前47），字长倩，东海兰陵（今山东兰陵）人，西汉官员，善经学。② 杨子：指扬雄。③ 陆子：即唐陆羽（733—约804），名疾，字鸿渐，复州竟陵（今湖北天门）人，撰《茶经》三卷，世称茶圣。④“记与”句：《晋书·嵇康传》：“康又遇王烈，共入山，烈尝得石髓如饴，即自服半，余半与康，皆凝而为石。”

法惠寺横翠阁

朝见吴山横，暮见吴山从。
吴山故多态，转侧为君容。
幽人起朱阁，空洞更无物。
惟有千步冈，东西作帘额。
春来故国归无期，人言秋悲春更悲。
已泛平湖思濯锦，更看横翠忆峨眉。
雕栏能得几时好，不独凭栏人易老。
百年兴废更堪哀，悬知草莽化池台。
游人寻我旧游处，但觅吴山横处来。

往富阳新城李节推先行三日留风水洞见待

春山磔磔[1]鸣春禽，此间不可无我吟。
路长漫漫傍江浦，此间不可无君语。

金鲫池边不见君，追君直过定山村。
路人皆言君未远，骑马少年清且婉。
风岩水穴旧闻名，只隔山溪夜不行。
溪桥晓溜浮梅萼，知君系马岩花落。
出城三日尚逦迟[2]，妻孥怪骂归何时。
世上小儿夸疾走，如君相待今安有。

①磔（zhé）磔：鸟鸣声。②逦（yí）迟：纡回逗留的样子。

自普照游二庵

长松吟风晚雨细，东庵半掩西庵闭。
山行尽日不逢人，裛裛野梅香入袂。
居僧笑我恋清景，自厌山深出无计。
我虽爱山亦自笑，独往神伤后难继。
不如西湖饮美酒，红杏碧桃香覆髻。
作诗寄谢采薇翁[1]，本不避人那避世。

①采薇翁：本指伯夷、叔齐，后多代指隐士。

月兔茶

环非环，玦[1]非玦，
中有迷离玉兔儿，一似佳人裙上月。

月圆还缺缺还圆，此月一缺圆何年。
君不见，斗茶公子不忍斗小团，上有双衔绶带双飞鸾。

① 玦（jué）：半环形有缺口的佩玉。

薄命佳人

双颊凝酥发抹漆，眼光入帘珠的皪①。
故将白练作仙衣，不许红膏污天质。
吴音娇软带儿痴，无限闲愁总未知。
自古佳人多命薄，闭门春尽杨花落。

① 的皪（lì）：光亮、鲜明的样子。

於潜令刁同年野翁亭

山翁不出山，溪翁长在溪〔一〕。
不如野翁来往溪山间，上友麋鹿下凫鹥①。
问翁何所乐，三年不去烦推挤。
翁言此间亦有乐，非丝非竹②非蛾眉。
山人醉后铁冠落，溪女笑时银栉③低。
我来观政问风谣④，皆云吠犬足生氂。
但恐此翁一旦舍此去，长使山人索寞⑤溪女啼〔二〕。

〔一〕公自注：前二令作二翁亭。 〔二〕公自注：天目山唐道士常冠铁冠。於潜妇女皆插大银栉，长尺许，谓之“蓬沓”。

① 凫鹥（fú yī）：野鸭和沙鸥。② 非丝非竹：即不是音乐。③ 栉（zhì）：梳子，篦子。④ 观政问风谣：古时帝王为了了解民情，常遣使者至各州县观采风谣。⑤ 索寞：失意消沉的样子。

於潜女

青裙缟袂於潜女，两足如霜不穿屦[1]。

觰沙[2]鬓发丝穿柠，蓬沓障前走风雨。

老濞宫妆传父祖，至今遗民悲故主。

苕溪杨柳初飞絮，照溪画眉渡溪去。

逢郎樵归相媚妩，不信姬姜有齐鲁。

① 屦（jù）：鞋。② 觰（zhā）沙：伸张，张开。

於潜僧绿筠轩

可使食无肉，不可使居无竹。

无肉令人瘦，无竹令人俗。

人瘦尚可肥，俗士不可医。

旁人笑此言，似高还似痴。

若对此君仍大嚼，世间那有扬州鹤[1]。

① 扬州鹤：典出南宋王十朋《东坡诗集注》：“有客相从，各言

所志。或愿为扬州刺史，或愿多赀财，或愿骑鹤上升。其一人曰：‘腰缠十万贯，骑鹤上扬州，盖欲兼三人者之所欲也。’”后指代不可实现的空想。

与临安令宗人同年剧饮[①]

我虽不解饮。把盏欢意足。

试呼白发感秋人，令唱黄鸡催晓曲[②]。

与君登科如隔晨，敝袍霜叶空残绿。

如今莫问老与少，儿子森森如立竹。

黄鸡催晓不须愁，老尽世人非我独。

① 剧饮：痛饮，豪饮。②“令唱”句：化用白居易《醉歌》中“谁道使君不解歌，听唱黄鸡与白日。黄鸡催晓丑时鸣，白日催年酉时没”之句。

东阳水乐亭[一]

君不学白公引泾东注渭，五斗黄泥一钟水。

又不学歌舒横行西海头[①]，归来羯鼓打凉州。

但向空山石壁下，爱此有声无用之清流。

流泉无弦石无窍，强名水乐人人笑。

惯见山僧已厌听，多情海月空留照。

洞庭不复来轩辕，至今鱼龙舞钧天。

闻道磬襄[②]东入海，遗声恐在海山间。

锵然涧谷含宫徵，节奏未成君独喜。

不须写入薰风弦[③]，纵有此声无此耳。

〔一〕公自注：为东阳令王都官概作。

①“歌舒”句：化用唐李白《答王十二寒夜独酌有怀》中“君不能学哥舒，横行青海夜带刀，西屠石堡取紫袍”之句。歌舒，即哥舒翰（？—757），安西龟兹（今新疆库车）人，唐代名将，曾任陇右、河西节度使，战功卓著。② 磬（qìng）襄，古乐师名。③“不须”句：《孔子家语·辩乐解》：“昔者，舜弹五弦之琴，造《南风》之诗，其诗曰：‘南风之薰兮，可以解吾民之愠兮；南风之时兮，可以阜民之财兮。’”

宿海会寺

篮舆三日山中行，山中信美少旷平。

下投黄泉上青冥，线路每与猿猱争。

重楼束缚遭涧坑，两股酸哀饥肠鸣。

北渡飞桥踏彭铿，缭垣[①]百步如古城。

大钟横撞千指迎，高堂延客夜不扃[②]。

杉槽漆斛江河倾，本来无垢洗更轻。

倒床鼻息四邻惊，紞如五鼓天未明。

木鱼[③]呼粥亮且清，不闻人声闻履声。

① 缭垣：围墙。② 扃（jiōng）：关门。③ 木鱼：佛教的一种法器，僧寺集众食粥时常常敲击木鱼。

再游径山

老人登山汗如濯，倒床困卧呼不觉。

觉来五鼓日三竿，始信孤云天一握〔一〕。

平生未省出艰险，两足惯曾行荦确。

含晖亭上望东溟，凌霄峰头挹[①]南岳。

共爱丝杉翠丝乱，谁见玉芝红玉琢。

白云何事自来往，明月长圆无晦朔〔二〕。

冢上鸡鸣犹忆饮，山前凤舞远徵璞。

雪窗驯兔元不死，烟岭孤猿苦难捉。

从来白足傲生死，不怕黄巾把刀槊。

榻上双痕凛然在，剑头一吷[②]何须角〔三〕。

嗟我昏顽晚闻道，与世龃龉空多学。

灵水先除眼界花，清诗为洗心源浊。

骚人未要逃竞病[③]，禅老但喜闻剥啄[④]。

此生更得几回来，从今有暇无辞数。

〔一〕公自注：古语云“孤云两角，去天一握”。　〔二〕公自注：山有白云峰、明月庵。　〔三〕公自注：以上皆山中故事。

① 挹（yì）：牵引，拉。② 吷（xuè）：口吹物发出的小声音。③ 竞病：指押险韵。④ 剥啄：指敲门声。

送杭州杜、戚、陈三掾罢官归乡〔一〕

秋风摵摵[①]鸣枯蓼[②]，船阁荒村夜悄悄。

正当逐客断肠时，君独歌呼醉连晓。

老夫平生齐得丧，尚恋微官失轻矫。

君今憔悴归无食，五斗未可秋毫③小。

君言失意能几时，月啖虾蟆行复皎。

杀人无验中不快，此恨终身恐难了。

徇时所得无几时，随手已遭忧患绕。

期君正似种宿麦，忍饥待食明年麮④。

〔一〕施注：公《乌台诗话》：熙宁五年，杭州录参杜子方、司户陈珪、司理戚秉道，各为承勘本州姓裴人家女使夏沉香投井及姓裴人女身死不明事。本路提刑陈睦举驳，差秀州通判张若济重勘，决杀夏沉香，三官因此冲替。意陈睦、张若济驳勘不当，致此三人无辜失官。轼作诗送之云："君言失意能几时，月啖虾蟆行复皎。"意取卢仝《月蚀》诗云："传闻古来说，月蚀虾蟆精。"仝意比朝廷为小人所蒙蔽也。轼亦言杜子方等本无罪，为陈睦、张若济蒙蔽朝廷，以冲替逐人，后当感悟牵复云。"徇时所得无几何，随手已遭忧患绕。"意谓张若济不久亦自被劾矣。

① 摵（sè）摵：树枝光秃、树叶凋落的样子。② 枯蓼（liǎo）：枯萎的野草。③ 秋毫：秋天鸟兽身上新长的细毛，后比喻最细微的事物。④ 麮（chǎo）：炒熟的米粉或面粉，古时的一种干粮。

胡穆秀才遗古铜器，似鼎而小，上有两柱可以覆而不蹶，以为鼎则不足，疑其饮器也。胡有诗答之

只耳兽啮环，长唇鹅擘喙。

三趾下锐春蒲短，两柱高张秋菌细。

君看翻覆俯仰间，覆成三角翻两髻。

古书虽满腹，苟有用我亦随世。

嗟君一见呼作鼎，才注升合已漂逝。
不如学鸱夷[①]，尽日盛酒真良计〔一〕。

〔一〕公自注：有古篆五字，不可识。

① 鸱夷（chī yí）：盛酒器。

和钱安道寄惠建茶

我官于南今几时，尝尽溪茶与山茗。
胸中似记故人面，口不能言心自省。
为君细说我未暇，试评其略差可听。
建溪所产虽不同，一一天与君子性。
森然可爱不可慢，骨清肉腻和且正。
雪花雨脚何足道，啜过始知真味永。
纵复苦硬终可录，汲黯少戆宽饶猛。
草茶无赖空有名，高者妖邪次顽懭。
体轻虽复强浮泛，性滞偏工呕酸冷。
其间绝品岂不佳，张禹纵贤非骨鲠。
葵花玉銙不易致，道路幽险隔云岭。
谁知使者来自西，开缄磊落收百饼。
嗅香嚼味本非别，透纸自觉光炯炯。
秕糠团凤友小龙，奴隶日注臣双井。
收藏爱惜待佳客，不敢包裹钻权幸。
此诗有味君勿传，空使时人怒生瘿。

和柳子玉喜雪次韵仍呈述古

诗翁爱酒长如渴，瓶尽欲沽囊已竭。

灯青火冷不成眠，一夜捻须吟喜雪。

诗成就我觅欢处，我穷正与君仿佛。

曷不走投陈孟公[1]，有酒醉君仍饱德。

琼瑶欲尽天应惜，更遣清光续残月。

安得佳人擢素手，笑捧玉碗两奇绝。

艳歌一曲回阳春，坐使高堂生暖热。

① 陈孟公：《汉书·陈遵传》："陈遵，字孟公，杜陵人也……遵耆酒，每大饮，宾客满堂，辄关门，取客车辖投井中，虽有急，终不得去。"

古缠头曲

鹍弦[1]铁拨世无有，乐府旧工惟尚叟。

一生喙硬眼无人，坐此困穷今白首。

翠鬟女子年十七，指法已似呼韩妇。

惊帆渡海风挚回，满面尘沙和泪垢。

青衫不逢湓浦客[2]，红袖漫插曹纲手[3]。

尔来一见哀骀佗，便著臂韝躬井臼。

我惭贫病百不足，强对黄花饮白酒。

转关护索动有神，雷辊[4]空堂战窗牖。

四弦一抹拥袂立，再拜十分为我寿。

世人只解锦缠头，与汝作诗传不朽。

①鹍弦：用鹍鸡筋做的琵琶弦。②“青衫”句：化用白居易《琵琶行》中“明年秋，送客湓浦口”“座中泣下谁最多，江州司马青衫湿”数句。③曹纲手：《乐府杂录·琵琶》：“贞元中有王芬、曹保保，其子善才，其孙曹纲，皆习所艺。次有裴兴奴，与纲同时。曹纲善运拨，若风雨，而不事扣弦；兴奴长于拢捻，不拨稍软，时人谓：‘曹纲有右手，兴奴有左手。’”④雷辊：雷鸣。

大风留金山两日

塔上一铃独自语，明日颠风当断渡。
朝来白浪打苍崖，倒射轩窗作飞雨。
龙骧[1]万斛不敢过，渔艇一叶从掀舞。
细思城市有底忙，却笑蛟龙为谁怒。
无事久留童仆怪，此风聊得妻孥许。
潜山道人[2]独何事，半夜不眠听粥鼓。

①龙骧：指大船。②潜山道人：即释道潜（1044—1106），本名昙潜，号参寥子，赐号妙总大师，钱塘（今浙江杭州）人，与苏轼、秦观交好。

无锡道中赋水车

翻翻联联衔尾鸦，荦荦确确[1]蜕骨蛇。
分畴翠浪走云阵，刺水绿针抽稻芽。
洞庭五月欲飞沙，鼍鸣窟中如打衙[2]。

天公不见老翁〔一〕泣，唤取阿香推雷车。

〔一〕翁：一作农。

① 荦（luò）荦确确：骨节突露瘦硬的样子。② 打衙：击鼓。

青牛岭高绝处有小寺人迹罕到

暮归走马沙河塘，炉烟袅袅十里香。

朝行曳杖青牛岭，崖泉咽咽千山静。

君勿笑老僧，耳聋唤不闻，百年俱是可怜人。

明朝且复城中去，白云却在题诗处。

梅圣俞诗中有毛长官者，今於潜令国华也。圣俞没十五年，而君犹为令，捕蝗至其邑，作诗戏之

诗翁憔悴老一官，厌见苜蓿堆青盘①。

归来羞涩对妻子，自比鲇鱼缘竹竿②。

今君滞留生二毛，饱听衙鼓眠黄䌷。

更将嘲笑调朋友，人道猕猴骑土牛③。

愿君恰似高常侍，暂为小邑仍刺史。

不愿君为孟浩然，却遭明主故还山。

宦游逢此岁年恶，飞蝗来时半天黑。

羡君封境稻如云，蝗自识人人不识。

① 苜蓿堆青盘：苜蓿菜在盘中纵横错陈的样子，形容小官吏或塾师生活清苦。② 鲇（nián）鱼缘竹竿：即“鲇鱼上竹竿”，因鲇鱼黏滑无鳞，爬竿困难，故古人多用以比喻上升艰难。③ 猕猴骑土牛：《三国志·魏书·邓艾传》引《世语》：“君，名公之子，少有文采，故守吏职；猕猴骑土牛，又何迟也。”后比喻升迁很慢。

卷十四

苏东坡七古中

一百三十四首

听贤师琴

大弦春温和且平，小弦廉折亮以清。

平生未识宫与角，但闻牛鸣盎中雉登木。

门前剥啄[1]谁叩门，山僧未闲君勿嗔。

归家且觅千斛水，净洗从前筝笛耳。

① 剥啄：敲门声。

赠写真[1]何充[2]秀才

君不见，潞州别驾[3]眼如电，左手挂弓横捻箭。

又不见，雪中骑驴孟浩然，皱眉吟诗肩耸山。

饥寒富贵两安在，空有遗像留人间。

此身常拟同外物，浮云变化无踪迹。

问君何苦写我真，君言好之聊自适。

黄冠野服山家容，意欲置我山岩中。

勋名将相今何限，往写褒公与鄂公[4]。

① 写真：画像。② 何充：宋代著名肖像画家。③ 潞州别驾：指唐玄宗。玄宗即帝位前，曾被封临淄王兼潞州别驾，潞州启圣宫有其射姿画像。据说唐玄宗一目斜视，故画工为他画瞄射之状加以掩饰。④ 褒公与鄂公：褒公即段志玄，鄂公即尉迟敬德，二人均为大唐开国名将。

润州甘露寺弹筝

多景楼上弹神曲，欲断哀弦再三促。
江妃出听雾雨愁，白浪翻空动浮玉〔一〕。
唤取吾家双凤槽[①]，遣作三峡孤猿号。
与君合奏芳春调，啄木飞来霜树杪[②]。

〔一〕公自注：金山名。

① 双凤槽：唐胡璩《谭宾录》："有中官白秀贞，自蜀使回，得琵琶以献。其槽……有金缕红文，影成双凤。" ②"与君""啄木"二句：琵琶与筝合奏，以啄木声比拟其声。

虎儿[①]

旧闻老蚌生明珠[②]，未省老兔[③]生於菟[④]。
老兔自谓月中物，不骑快马骑蟾蜍。
蟾蜍爬沙不肯行，坐令青衫垂白须。
於菟骏猛不类渠，指挥黄熊驾黑貙[⑤]。
丹砂紫麝不用涂，眼光百步走妖狐。
妖狐莫夸智有余，不劳摇牙咀尔徒[⑥]。

① 虎儿：苏辙第三子苏远，甲寅年生，乳名虎儿。② 老蚌生明珠：贺人老年得子。③ 老兔：指苏辙，苏辙属兔。④ 於菟（wū tú），虎的别称。⑤ 貙（chū），传说中的一种猛兽。⑥"不劳"句：谓吃掉你们不须动牙。陈寿《三国志·魏书·吴质传》裴松之注："质案剑曰：'曹子丹，汝非屠几上肉。吴质吞尔不摇喉，咀尔不摇牙，何敢恃势骄耶？'"

铁沟行赠乔太博

城东坡陇何所似，风吹海涛低复起。
城中病守无所为，走马来寻铁沟水。
铁沟水浅不容辀①，恰似当年韩与侯②。
有鱼无鱼何足道，驾言聊复写我忧③。
孤村野店亦何有，欲发狂言须斗酒。
山头落日侧金盆，倒著接䍦④搔白首。
忽忆从军年少时，轻裘细马百不知。
臂弓腰箭南山下，追逐长杨射猎儿。
老去同君两憔悴，犯夜醉归人不避。
明年定起故将军，未肯先诛霸陵尉。

①辀（zhōu）：车。②韩与侯：指韩愈与侯喜。③“驾言”句：驾车出游，排遣愁闷。④倒著接䍦（lí）：反戴以鹭羽为饰的帽子。

苏州姚氏三瑞堂〔一〕

君不见，董召南，隐居行义孝且慈。
天公亦恐无人知，故令鸡狗相哺儿，又令韩老为作诗。
尔来三百年，名与淮水东南驰。
此人世不乏，此事亦时有。
枫桥三瑞皆目见，天意宛在虞鳏后。
惟有此诗非昔人，君更往求无价手。

〔一〕公自注：姚氏世以孝称。

莫笑银杯小，答乔太博

陶潜一县令，独饮仍独醒。

犹将公田二顷五十亩，种秫作酒不种粳。

我今号为二千石[1]，岁酿百石何以醉宾客。

请君莫笑银杯小，尔来岁旱东海窄。

会当拂衣归故丘，作书贷粟监河侯。

万斛船中著美酒，与君一生长拍浮。

① 二千石：汉制，郡守俸禄二千石，后遂以为郡守代称。

送段屯田，分得于字[1]

劝农使者古大夫，不惜春衫践泥涂。

王事靡盬[2]君甚劬[3]，奉常客卿虬两须。

东武县令天马驹，泮宫先生非俗儒。

相与野饮四子俱，乐哉此乐城中无。

溪边策杖自携壶，腰笏不烦何易于[4]。

胶西病守[5]老且迂，空斋愁坐纷墨朱[6]。

四十岂不知头颅，畏人不出何其愚。

① 分得于字：谓分韵作诗时，于若干选定的韵字中，拈得“于”字，则诗须依“于”所在韵部。② 王事靡盬（gǔ）：谓勤于国事，没有休歇之时。靡盬，无止息。③ 劬（qú）：辛劳。④“腰笏”句：此处指唐孙樵《书何易于》载何易于为益昌令，在农忙时为百姓充役事。腰笏，把笏板插在腰中。⑤ 胶西病守：苏轼自

称。胶西，指密州。苏轼曾任密州太守。⑥ 墨朱：指官府文书。朱墨两色，因以为代称。

次韵章传道喜雨[一]

去年夏旱秋不雨，海畔居民饮咸苦。
今年春暖欲生蝝[①]，地上戢戢[②]多于土。
预忧一旦开两翅，口吻如风那肯吐。
前时渡江入吴越，布阵横空如项羽[二]。
农夫拱手但垂泣，人力区区固难御。
扑缘[③]鬃毛困牛马，啖啮衣服穿房户。
坐观不救亦何心，秉畀炎火[④]传自古。
荷锄散掘谁敢后，得米济饥还小补。
常山山神信英烈，扐驾[⑤]雷公诃电母。
应怜郡守老且愚，欲把疮痍手摩抚。
山中归时风色变，中路已觉商羊舞[⑥]。
夜窗骚骚闹松竹，朝畦泫泫流膏乳。
从来蝗旱必相资，此事吾闻老农语。
庶将积润扫遗孽，收拾丰岁还明主。
县前已窖八千斛[三]，率以一升完一亩。
更看蚕妇过初眠[四]，未用贺客来旁午[⑦]。
先生笔力吾所畏，蹙[五]踏[⑧]鲍谢跨徐庾。
偶然谈笑得佳篇，便恐流传成乐府。
陋邦一雨何足道，吾君盛德九州普。
中和乐职几时作，试向诸生选何武。

〔一〕公自注：祷常山而得。　〔二〕公自注：去岁钱塘见飞蝗自西北来，极可畏。　〔三〕公自注：今春及今，得蝗子八千余斛。〔四〕公自注：蚕一眠，则蝗不复生矣。　〔五〕蹙：同蹴。

① 蝝（yuán）：蝗虫的幼虫。② 戢（jí）戢：密集的样子。③ 扑缘：附着。④ 秉畀（bì）炎火：谓捉走害虫投入烈火。⑤ 扮（huī）驾：指挥驾驭。⑥ 商羊舞：《孔子家语·辩政》："齐有一足之鸟……舒翅而跳。齐侯……使使聘鲁问孔子。孔子曰：'此鸟名曰商羊，水祥也。昔童儿……谣曰：天将大雨，商羊鼓舞。"⑦ 旁午：交错纷繁的样子。⑧ 蹙踏：凌驾其上。

惜花

吉祥寺中锦千堆〔一〕，前年赏花真盛哉。

道人劝我清明来，腰鼓百面如春雷，打彻凉州①花自开。

沙河塘上插花回，醉倒不觉吴儿咍②，岂知如今双鬓摧。

城西古寺没蒿莱，有僧闭门手自栽，千枝万叶巧剪裁。

就中一丛何所似，马瑙盘盛金缕杯。

而我食菜方清斋③，对花不饮花应猜。

夜来雨雹如李梅，红残绿暗吁可哀〔二〕。

〔一〕公自注：钱塘花最盛处。　〔二〕公自注：钱塘吉祥寺花为第一。壬子清明，赏会最盛。金盘彩篮以献于座者五十三人。夜归沙河塘上，观者如山，尔后无复继也。今年，诸家园圃花亦极盛，而龙兴僧房一丛亦奇，但衰病牢落，自无以发兴耳。昨日雨雹如此，花之存者有几？可为叹息也。

① 凉州：乐府曲名。② 咍（hāi），嗤笑。③ 清斋：素食。

寄刘孝叔〔一〕

君王有意诛骄卤，椎破铜山铸铜虎[①]。
联翩三十七将军，走马西来各开府。
南山伐木作车轴，东海取鼍[②]漫战鼓。
汗流奔走谁敢后，恐乏军兴污质斧[③]。
保甲[④]连村团未遍，方田讼牒纷如雨。
尔来手实降新书，抉剔根株穷脉缕。
诏书恻怛[⑤]信深厚，吏能浅薄空劳苦。
平生学问止流俗，众里笙竽谁比数。
忽令独奏凤将雏，仓卒欲吹那得谱。
况复连年苦饥馑，剥啮草木啖泥土。
今年雨雪颇应时，又报蝗虫生翅股。
忧来洗盏欲强醉，寂寞虚斋卧空甒[⑥]。
公厨十日不生烟，更望红裙踏筵舞。
故人屡寄山中信，只有当归[⑦]无别语。
方将雀鼠偷太仓，未肯衣冠挂神武[⑧]。
吴兴丈人真得道，平日立朝非小补。
自从四方冠盖闹，归作二浙湖山主。
高踪已自杂渔钓，大隐何曾弃簪组[⑨]。
去年相从殊未足，问道已许谈其粗〔二〕。
逝将弃官往卒业，俗缘未尽那得睹。
公家只在霅溪上，上有白云如白羽。
应怜进退苦皇皇，更把安心教初祖[⑩]。

〔一〕施注：刘孝叔，名述。神宗时擢侍御史知杂，数论事，凯切。曾与王安石争狱事不合，出知江州。逾岁，提举崇禧观。东坡倅杭，与孝叔会虎丘，和其二诗。吴兴六客堂，孝叔其一人也。此诗首言征伐之意。熙宁三年十一月，诏京畿河北京东西路置三十七将，将官遂与州郡长吏争衡，故云“联翩三十七将军，走马西来各开府”。又立保甲法，令诸州籍保甲聚民而教之，禁令苛急，往往去为盗，郡县不敢以闻，故云“保甲连村团未遍”。五年，立方田均税法，诏司农以条约并式颁之天下，岁以九月，委令佐分地计量，乃书户帖，连庄帐付之，以为地符，故云“方田讼牒纷如雨”。七年，吕惠卿建手实法，使民自上其家之物产，而官为注籍，奉使者至析秋毫，天下病之，至八年十月乃罢，故曰“尔来手实降新书”，云云。又曰“平生学问止流俗”，是时，安石凡议其新政者，皆以流俗谓之也。孝叔年七十二，卒。绍兴间，录其风节，赠秘阁修撰。 〔二〕粗，一作祖。

①铜虎：即发兵所用的铜虎符。②鼍（tuó）：即扬子鳄。③质斧：即“斧锧”，刑具之一种。④保甲：指保甲法。宋代十家为一保，选主户有干力者一人为保长。⑤恻怛（dá）：哀伤，同情。⑥瓶（wǔ）：盛酒的瓦器。⑦当归：药名，取“应当归去”之意。⑧衣冠挂神武：《南史·陶弘景传》：“未弱冠，齐高帝作相，引为诸王侍读，除奉朝请……永明十年，脱朝服挂神武门，上表辞禄。”⑨簪组：冠簪和冠带，借指官员身份。⑩“更把”句：即“更把初祖安心教”。初祖，此指达摩。安心，《景德传灯录》卷三载神光向达摩求法：“光曰：‘我心未宁，乞师与安。’师曰：‘将心来，与汝安。’曰：‘觅心了不可得。’师曰：‘我与汝安心竟。’”

张安道乐全堂

列子御风殊不恶，犹被庄生讥数数。

步兵饮酒中散[①]琴，于此得全非至乐。

乐全居士全于天[②]，维摩丈室空翛然[③]。

平生痛饮今不饮，无琴不独今无弦。

我公天与英雄表，龙章凤姿[4]照鱼鸟。

但令端委[5]坐庙堂，北狄西戎谈笑了。

如今老去苦思归，小字亲书寄我诗。

试问乐全全底事，无全何处更相亏。

① 中散：嵇康曾任中散大夫，世因以“中散”称之。② 全于天：指顺应自然规律。③ 翛（xiāo）然：空阔超然的样子。④ 龙章凤姿：谓仪表不凡。《世说新语·容止》刘孝标注引《嵇康别传》：“康长七尺八寸……龙章凤姿，天质自然。”⑤ 端委：礼衣。

和蒋夔寄茶

我生百事常随缘，四方水陆无不便。

扁舟渡江适吴越，三年饮食穷芳鲜。

金齑玉脍[1]饭炊雪，海螯江柱初脱泉。

临风饱食甘寝罢，一瓯花乳[2]浮轻圆。

自从舍舟入东武，沃野便到桑麻川。

剪毛胡羊大如马，谁记鹿角腥盘筵。

厨中蒸粟埋饭瓮，大杓更取酸生涎[一]。

柘罗[3]铜碾弃不用，脂麻白土须盆研。

故人犹作旧眼看，谓我好尚如当年。

沙溪北苑强分别，水脚一线争谁先。

清诗两幅寄千里，紫金百饼费万钱。

吟哦烹噍[4]两奇绝，只恐偷乞烦封缠。

老妻稚子不知爱，一半已入姜盐煎。

人生所遇无不可，南北嗜好知谁贤。

死生祸福久不择，更论甘苦争蚩妍。

知君穷旅不自释，因诗寄谢聊相镌。

〔一〕施注：《世说》：诸阮饮酒，不复用常杯斟酌，以大瓮盛酒，圜坐相向，大杓更饮之。

① 金齑（jī）玉脍：指精美的食物。② 花乳：煎茶时浮起的泡沫。③ 柘（zhè）罗：筛茶用具。④ 噍：同嚼。

薄薄酒二首〔一〕

胶西先生赵明叔，家贫好饮，不择酒而醉，常云：薄薄酒；胜茶汤；丑丑妇，胜空房。其言虽俚，而近乎达。故推而广之，以补东州之乐府。既又以为未也，复自和一篇，以发览者之一噱[1]云耳。

薄薄酒，胜茶汤。

粗粗布，胜无裳。

丑妻恶妾胜空房。

五更待漏靴满霜，不如三伏日高睡足北窗凉[2]。

珠襦玉柙[3]万人相送归北邙[4]，不如悬鹑百结[5]独坐负朝阳。

生前富贵，死后文章，百年瞬息万世忙。

夷齐[6]盗跖[7]俱亡羊，不如眼前一醉是非忧乐两都忘。

〔一〕并序。

① 噱（jué）：大笑。②“不如”句：《晋书·陶潜传》：“尝言夏月虚闲，高卧北窗之下，清风飒至，自谓羲皇上人。”③ 珠襦（rú）玉柙（xiá）：帝后及贵族的殓服。④ 北邙（máng）：即北邙山，在洛阳之北，东汉、魏晋的王侯公卿多葬于此。后遂代称墓地。⑤ 悬鹑（chún）百结：形容衣衫破烂。百结，衣多补缀。⑥“夷齐”句：《庄子·骈拇》：“臧与谷二人相与牧羊，而俱亡其羊。问臧奚事，则挟策读书；问谷奚事，则博塞以游。二人者，事业不同，其于亡羊均也。伯夷死名于首阳之下，盗跖死利于东陵之上。二人者，所死不同，其于残生伤性均也。奚必伯夷之是而盗跖之非乎？”夷齐，伯夷和叔齐。⑦ 盗跖（zhí）：春秋时大盗。

薄薄酒，饮两钟。

粗粗布，着两重。

美恶虽异醉暖同，丑妻恶妾寿乃公。

隐居求志义之从[1]，本不计较东华尘土北窗风。

百年虽长要有终，富死未必输生穷。

但恐珠玉留君容，千载不朽遭樊崇[2]。

文章自足欺盲聋[3]，谁使一朝富贵面发红。

达人[4]自达酒何功，世间是非忧乐本来空。

①“隐居”句：《论语·季氏》：“隐居以求其志，行义以达其道。”② 樊崇：《汉书·王莽传》：“赤眉樊崇等众数十万人入关……宗庙园陵皆发掘。”③“文章”句：《庄子·逍遥游》：“瞽者无以与乎文章之观，聋者无以与乎钟鼓之声。”④ 达人：显贵的人。

赵郎中见和，戏复答之

赵子吟诗如泼水，一挥三百八十字。
奈何效我欲寻医[1]，恰似西施藏白地。
赵子饮酒如淋灰[2]，一年十万八千杯。
若不令君早入务，饮竭东海生黄埃。
我衰临政多缪错，羡君精采如秋鹗。
颇哀老子令日饮，为君坐啸主画诺[3]。

① 寻医：古时官吏托病卸任，称为“寻医”，此指停止作诗。② 淋灰：水淋灰中，瞬息即干，形容饮酒之豪。③ 画诺：旧时主管官员在文书上签字，表示同意照办。

送碧香酒与赵明叔教授

闻君有妇贤且廉，劝君慎勿为楚相[1]。
不羡紫驼分御食，自遣赤脚沽村酿。
嗟君老狂不知愧，更吟丑妇恶嘲谤。
诸生闻语定失笑，冬暖号寒卧无帐。
碧香近出帝子家[2]，鹅儿破壳[3]酥流盎[4]。
不学刘伶独自饮[5]，一壶往助齐眉饷。

①“闻君”“劝君”二句：化用《史记·滑稽列传》楚优孟拒相事。②“碧香”句：蜀国公主驸马王诜（字晋卿）家酿碧香酒闻名一时。宋苏轼《答张文潜》:“家有婢，能造酒，极佳，全似王晋卿家碧香。”③ 鹅儿破壳：形容酒色黄如初生雏鹅绒毛。④ 盎：盆类酒器。⑤“不学”句：用《世说新语·任诞》刘伶不

听妻劝，任性饮酒事。

赵既见和，复次韵答之

长安小吏天所放，日夜歌呼和丞相[1]。

岂知后世有阿瞒[2]，北海[3]樽前捉私酿。

先生未出禁酒国，诗语孤高常近谤。

几回无酒欲沽君，却畏有司书簿帐。

酸寒可笑分一斗，日饮亡何足袁盎[4]。

更将险语压衰翁[5]，只恐自是台无饷。

①“长安”“日夜”二句：《史记·曹相国世家》：“相舍后园近吏舍，吏舍日饮歌呼。从吏恶之，无如之何，乃请参游园中，闻吏醉歌呼，从吏幸相国召按之。乃反取酒张坐饮，亦歌呼与相应和。”天所放，放任自然。②阿瞒：曹操小字。③“北海”句：孔融任北海相，人称北海。此句指曹操禁酒，孔融不满事。④“日饮”句：《汉书·袁盎传》载，袁种送别袁盎去吴国为相，教他吴王骄狂，到南方之后，每日只管饮酒作乐，不要管理事务，偶尔劝说吴王不要谋反，就可保全事。日饮亡何，每日饮酒，更无余事。⑤险语压衰翁：指赵明叔用尖新的和作压倒苏轼。

赵郎中往莒县，逾月而归，复以一壶遗之，仍用前韵

东邻主人游不归，悲歌夜夜闻舂相[1]。

门前人闹马嘶急，一家喜气如春酿。

王事何曾怨独贤，室人岂忍交谪谤。

大儿踉蹡[2]越门限[3]，小儿咿哑[4]语绣帐。

定教舞袖掣伊凉，更想夜庖鸣瓮盎。

题诗送酒君勿诮，免使退之嘲一饷[5]。

① 舂（chōng）相：舂谷时的送杵号子。② 踉蹡（liàng qiàng）：行步歪的样子。③ 门限：门槛。④ 咿（yī）哑（yā）：小儿学语或低哭声。⑤ 退之嘲一饷：唐韩愈《醉赠张秘书》："长安众富儿，盘馔罗膻荤。不解文字饮，惟能醉红裙。虽得一饷乐，有如聚飞蚊。"

留别释迦院牡丹呈赵倅

春风小院却来时，壁间惟见使君诗。

应问使君何处去，凭花说与春风知。

年年岁岁何穷已，花似今年人老矣。

去年崔护若重来，前度刘郎在千里。

大雪青州道上，有怀东武园亭，寄孔周翰

超然台上雪，城郭山川两奇绝。

海风吹碎碧琉璃，时见三山白银阙。

盖公堂前雪，绿窗朱户相明灭。

堂中美人雪争妍，粲然一笑玉齿颊。

就中山堂雪更奇，青松怪石乱琼丝。
惟有使君游不归，五更上马愁敛眉。
君不见，淮西李侍中，夜入蔡州缚取吴元济。
又不见，襄阳孟浩然，长安道上骑驴吟雪诗。
何当闭门饮美酒，无人毁誉河东守。

书韩幹《牧马图》

南山之下，汧渭之间，想见开元天宝年。
八坊[①]分屯隘秦川，四十万匹如云烟。
骓駓骃骆骊骝騵[②]，白鱼赤兔[③]骍皇䮍[④]。
龙颅凤颈[⑤]狞且妍，奇姿逸德隐驽顽。
碧眼胡儿手足鲜[⑥]，岁时剪刷供帝闲[⑦]。
柘袍[⑧]临池侍三千，红妆照日光流渊。
楼下玉螭[⑨]吐清寒，往来蹙踏生飞湍。
众工舐笔和朱铅，先生曹霸弟子韩。
厩马多肉尻脽[一][⑩]圆，肉中画骨夸尤难。
金羁玉勒绣罗鞍，鞭箠刻烙[⑪]伤天全。
不如此图近自然，平沙细草荒芊绵。
惊鸿脱兔争后先，王良[⑫]挟策飞上天。何必俯首服短辕。

〔一〕脽：音谁。

① 八坊：唐代监牧所属八处养马之所。② 骓（zhuī）駓（pī）骃（yīn）骆骊（lí）骝（liú）騵（yuán）：马名。《诗经·鲁颂·駉》毛传："苍白杂毛曰骓，黄白杂毛曰駓，阴白杂毛曰骃，白马黑鬣曰骆，纯黑曰骊，赤身黑鬣曰骝。"③ 白鱼赤兔：骏马名。④ 骍

（xīng）皇鞥（hán）：《诗经·鲁颂·駉》毛传："赤黄曰骍，黄白曰皇。"鞥，马毛长者。⑤ 龙颅凤颈：骏马之形。⑥ 手足鲜：手脚敏捷强健。⑦ 闲：马厩。⑧ 柘袍：柘黄袍，即皇袍，此代指皇帝。⑨ 玉螭（chī）：玉雕龙头。⑩ 尻（kāo）脽（shuí）：臀部。⑪ 鞭箠（chuí）刻烙：鞭箠，鞭打；刻，削马蹄；烙，在马身上烙印记。⑫ 王良：春秋时善驭马者。

和李邦直沂山祈雨有应

高田生黄埃，下田生苍耳。

苍耳亦已无，更问麦有几。

蛟龙睡足亦解惭，二麦枯时雨如洗。

不知雨从何处来，但闻吕梁[1]百步[2]声如雷。

试上城南望城北，际天菽粟青成堆。

饥火烧肠作牛吼[3]，不知待得秋成否。

半年不雨坐龙慵[4]，共怨天公不怨龙。

今朝一雨聊自赎，龙神社鬼[5]各言功。

无功日盗太仓谷，嗟我与龙同此责。

劝农使者不汝容，因君作诗先自劾。

① 吕梁：水名，在徐州东南五十里。② 百步：即百步洪，在徐州城东南二里。③ 作牛吼：此指饥饿时腹中咕咕声大。④ 慵：懒惰。⑤ 社鬼：土地神。

和子由，与颜长道同游百步洪，相地[1]筑亭种柳

平明坐衙不暖席，归来闭阁闲终日。
卧闻客至倒屣迎，两眼蒙笼余睡色。
城东泗水步可到，路转河洪翻雪白。
安得青丝络骏马，蹙踏飞波柳阴下。
奋身三丈[2]两蹄间，振鬣长鸣身自干。
少年狂兴久已谢，但忆嘉陵绕剑关。
剑关大道车方轨[3]，君自不去归何难。
山中故人应大笑，筑室种柳何时还。

① 相地：察看地形。② 奋身三丈：此指刘备骑的卢马堕襄阳城西檀溪水中，的卢乃一踊三丈而出事。③ 车方轨：车辆并行。

送颜复，兼寄王巩

彭城官居冷如水，谁从我游颜氏子。
我衰且病君亦穷，衰穷相守正其理。
胡为一朝舍我去，轻衫触热[1]行千里。
问君无乃求之欤，答我不然聊尔耳。
京师万事日日新，故人如故今有几。
君知牛行[2]相君[3]宅，扣门但觅王居士[4]。
清诗草圣俱入妙，别后寄我书连纸。
苦恨相思不相见，约我重阳嗅霜蕊。
君归可唤与俱来，未应指目[5]妨进拟[6]。

太一老仙闲不出〔一〕，踵门问道今时矣。

因行过我路几何，愿君推挽加鞭箠[7]。

吾侪一醉岂易得，买羊酿酒从今始。

〔一〕公自注：张安道为中太一宫使，巩安道婿也。

① 触热：冒着炎热。② 牛行：汴京街名。③ 相君：宰相，指王巩祖父王旦。④ 王居士：王巩自号清虚居士。⑤ 指目：手指而目视之。⑥ 进拟：奏呈事项。⑦ 鞭箠：督促，勉励。

蝎虎[1]

黄鸡啄蝎如啄黍，窗间守宫称蝎虎。

暗中缴尾[2]伺飞虫，巧捷功夫在腰膂[3]。

跂跂脉脉善缘壁，陋质从来谁比数。

今年岁旱号蜥蜴，狂走儿童闹歌舞。

能衔渠水作冰雹，便向蛟龙觅云雨。

守宫努力搏苍蝇，明年岁旱当求汝。

① 蝎虎：壁虎。② 缴（zhuó）尾：甩尾。③ 腰膂（lǚ）：犹腰背。

章质夫寄惠崔徽真[1]

玉钗半脱云垂耳，亭亭芙蓉在秋水。

当时薄命一酸辛，千古华堂奉君子。

水边何处无丽人，近前试看丞相嗔。
不如丹青不解语，世间言语原非真。
知君被恼更愁绝，卷赠老夫惊老拙。
为君援笔赋梅花，未害广平心似铁[②]。

①崔徽真：唐代歌妓崔徽的画像。②“为君”“未害”二句：唐皮日休《桃花赋》序：“余尝慕宋广平之为相，贞姿劲质，刚态毅状，疑其铁肠石心，不解吐婉媚辞。然睹其文而有《梅花赋》，清便富艳，得南朝徐庾体，殊不类其为人也。”广平，指唐代开元时贤相宋璟，曾封广平郡公。

代书答梁先

此身与世真悠悠，苍颜华发谁汝留。
强名太守古徐州，忘归不如楚沐猴[①]。
鲁人岂独不知丘，蹶藉夫子无罪尤[②]。
异哉梁子清而修，不远千里从我游。
了然正色悬双眸，世之所驰子独不。
一经通明传节侯[③]，小楷精绝规摹欧[一]。
我衰废学懒且偷，畏见问事贾长头[④]。
别来红叶黄花秋，夜梦见之起坐愁。
遗我驳石盆与瓯，黑质白章声琳球[⑤]。
谓言山石生涧沟，追琢[⑥]尚可王公羞[⑦]。
感子佳意能无酬，反将木瓜报珍投。
学如富贵[二]在博收，仰取俯拾无遗筹。
道大如天不可求，修其可见致其幽。

愿子笃实慎勿浮，发愤忘食乐忘忧。

〔一〕公自注：梁生学欧阳公书。〔二〕贵：一作贯。

①“忘归”句：《史记·项羽本纪》：“项王……心怀思欲东归，曰：‘富贵不归故乡，如衣绣夜行，谁知之者！’说者曰：‘人言楚人沐猴而冠耳，果然。’”②躏藉：践踏。③“一经”句：《汉书·韦贤传》：“兼通《礼》《尚书》，以《诗》教授，号称邹鲁大儒……年八十二薨，谥曰节侯……少子玄成，复以明经历位至丞相。故邹鲁谚曰：‘遗子黄金满籯，不如一经。’”④贾长头：指贾逵。⑤琳球：玉器撞击声。⑥追琢：雕琢。⑦羞：进献。

河复〔一〕

熙宁十年秋，河决澶渊，注巨野，入淮泗。自澶魏以北皆绝流，而济、楚大被其害。彭门城下水二丈八尺，七十余日不退，吏民疲于守御。十月十三日，澶州大风终日，既止，而河流一枝，已复故道。闻之喜甚，庶几可塞乎！乃作《河复》诗，歌之道路，以致民愿而迎神休①，盖守土者之志也。

君不见，西汉元光元封间，河决瓠子②二十年。
巨野东倾淮泗满，楚人恣食黄河鳣③。
万里沙④回封禅罢，初遣越巫沉白马。
河公未许人力穷，薪刍万计随流下。
吾君仁圣如帝尧，百神受职河神骄。
帝遣风师下约束，北流夜起澶州桥。
东风吹冻收微渌⑤，神功不用淇园竹。
楚人种麦满河淤，仰看浮槎栖古木。

〔一〕并序。

① 神休：神明赐予的福祥。② 瓠（hù）子：古堤名，旧址在河南濮阳境。③ 鳣（zhān）：鲟鳇鱼。④ 万里沙：汉时神祠。⑤ 渌：清澈的水。

韩幹马十四匹

二马并驱攒八蹄，二马宛[①]颈鬃尾齐。

一马任前双举后[②]，一马却避长鸣嘶。

老髯奚官[③]骑且顾，前身作马通马语。

后有八匹饮且行，微流赴吻若有声。

前者既济出林鹤，后者欲涉鹤俯啄。

最后一匹马中龙，不嘶不动尾摇风。

韩生画马真是马，苏子作诗如见画。

世无伯乐亦无韩，此诗此画谁当看。

① 宛：弯曲。② 任前双举后：任前，谓马将全身的重量承担在前足上。双举后，双腿后踢。③ 奚官：官名，职司养马。

赠写御容[①]妙善[②]师

忆昔射策干[③]先皇，珠帘翠幄分两厢。

紫衣中使下传诏，跪奉冉冉闻天香。

仰观眩晃目生晕，但见晓色开扶桑。

迎阳晚出步就坐，绛纱玉斧光照廊。

野人不识日月角[4]，仿佛尚记重瞳光。
三年归来真一梦，桥山松桧凄风霜。
天容玉色谁敢画，老师古寺昼闭房。
梦中神授心有得，觉来信手笔已忘。
幅巾常服俨不动，孤臣入门涕自滂。
元老侑坐[5]须眉古，虎臣立侍冠剑长。
平生惯写龙凤质，肯顾草间猿与獐。
都人踏破铁门限[6]，黄金白璧空堆床。
尔来摹写亦到我，谓是先帝白发郎[7]。
不须览镜坐自了，明年乞身归故乡。

①御容：此指宋仁宗画像。②妙善：僧人，善画人物肖像。③干：求仕进。④日月角：旧时相术家所称帝王之相，额骨隆起入左边发际为“日角”，入右边发际为“月角”。⑤侑（yòu）坐：陪坐。⑥“都人”句：唐李绰《尚书故实》载，智永禅师善书法，人来觅书并请题额者如市，所居户限为之穿穴，乃用铁叶裹之，人谓为铁门限。⑦白发郎：《后汉书·张衡传》李贤注引《汉武故事》载，老臣颜马四历三朝而不得用事。

答吕梁仲屯田

乱山合沓围彭门，官居独在悬水村〔一〕。
居民萧条杂麋鹿，小市冷落无鸡豚。
黄河西来初不觉，但讶清泗流奔浑。
夜闻沙岸鸣瓮盎，晓看雪浪浮鹏鲲。
吕梁自古喉吻地，万顷一抹[1]何由吞。

坐观入市卷闾井，吏民走尽余王尊。

计穷路断欲安适，吟诗破屋愁鸢蹲〔二〕②。

岁寒霜重水归壑，但见屋瓦留沙痕。

入城相对如梦寐，我亦仅免为鱼鼋。

旋呼歌舞杂诙笑，不惜饮釂③空瓶盆。

念君官舍冰雪冷，新诗美酒聊相温。

人生如寄何不乐，任使绛蜡烧黄昏〔三〕。

宣房未筑淮泗满，故道堙灭疮痍存。

明年劳苦应更甚，我当畚锸④先黥髡⑤。

付君万指伐顽石，千锤雷动苍山根。

高城如铁洪口快，谈笑却扫⑥看崩奔。

农夫掉臂⑦免狼顾，秋谷布野如云屯。

还须更置软脚酒⑧，为君击鼓行金樽〔四〕。

〔一〕公自注：悬水村，吕梁地名。　〔二〕以上言河决水盛。〔三〕以上水退相慰。　〔四〕以上言明年塞河。

① 万顷一抹：水势浩大，远望浪涛翻滚，如白练一抹。② 鸢（yuān）蹲：像鸢一样蹲着，喻瑟缩局促之态。③ 饮釂（jiào）：喝尽杯中酒。④ 畚锸（běn chā）：此指土建之事。畚，盛土器；锸，起土器。⑤ 黥髡（qíng kūn）：黥，墨刑；髡，剃发之刑。⑥ 却扫：不再扫径迎客，谓闭门谢客。⑦ 掉臂：甩动胳膊，不顾而去。意为修堤防，农夫不再担心水灾。⑧ 软脚酒：接风洗尘的酒宴。

答孔周翰求书与诗

身闲曷不长闭口，天寒正好深藏手。

吟诗写字有底忙，未脱多生宿尘垢。

不蒙讥诃[①]子厚疾[②]，反更刻画无盐丑[③]。
征西自有家鸡肥，太白应惊饭山瘦[④]。
与君相从知几日，东风待得花开否。
拨弃万事勿复谈，百觚之后那辞酒。

① 讥诃（hē）：讥讽非难。② 子厚疾：柳宗元《报崔黯秀才论为文书》："凡人好辞工书者，皆病癖也。吾不幸蚤得二病，学道以来，日思砭针攻熨，卒不能去。"子厚，柳宗元字。③ 无盐丑：无盐，战国时齐宣王后钟离春，因是无盐人，故名。貌丑，后常用以代称丑女。④"太白"句：《本事诗·高逸》："（李）白……戏杜（甫）曰：'饭颗山头逢杜甫，头戴笠子日卓午。借问何来太瘦生，总为从前作诗苦。'盖讥其拘束也。"

送李公恕赴阙

君才有如切玉刀，见之凛凛寒生毛。
愿随壮士斩蛟蜃，不愿腰间缠锦绦。
用违其才志不展，坐与胥吏同疲劳。
忽然眉上有黄气[①]，吾君渐欲收英髦[②]。
立谈左右俱动色，一语径破千言牢[③]。
我顷分符[④]在东武，脱略[⑤]万事惟嬉遨。
尽坏屏障通内外，仍呼骑曹为马曹[⑥]。
君为使者见不问，反更对饮持双螯[⑦]。
酒酣箕坐语惊众，杂以嘲讽穷诗骚。
世上小儿多忌讳，独能容我真贤豪。
为我买田临汶水，逝将归去诛蓬蒿。

安能终老尘土下，俯仰随人如桔槔[8]。

① 黄气：喜气。② 英髦：才俊。③“一语”句：韩愈《平淮西碑》:“大官臆决唱声，万口和附，并为一谈，牢不可破。”此处反用其意。④ 分符：谓任职。帝王封官授爵，分与符节的一半作为信物。⑤ 脱略：轻慢。⑥“仍呼”句:《世说新语·简傲》:“王子猷作桓车骑骑兵参军，桓问曰:‘卿何署?’答曰:‘不知何署，时见牵马来，似是马曹。’”⑦ 对饮持双螯：南朝宋刘义庆《世说新语·任诞》:“毕茂世云:‘一手持蟹螯，一手持酒杯，拍浮酒池中，便足了一生。’”⑧ 桔槔（jié gāo）: 井上汲水的工具。

春菜

蔓菁宿根已生叶，韭牙戴土拳如蕨。
烂蒸香荠白鱼肥，碎点青蒿凉饼滑。
宿酒初消春睡起，细履幽畦掇芳辣[1]。
茵陈甘菊不负渠，脍缕[2]堆盘纤手抹。
北方苦寒今未已，雪底波棱如铁甲。
岂如吾蜀富冬蔬，霜叶露芽寒更茁。
久抛松葛犹细事，苦笋江豚那忍说。
明年投劾[3]径须归，莫待齿摇并发脱。

① 芳辣：气味辛香的菜。② 脍（kuài）缕：细切的鱼肉。③ 投劾：以自劾的方式辞官。

送孔郎中赴陕郊

惊风击面黄沙走，西出崤函脱尘垢。
使君来自古徐州，声震河潼殷[1]关右。
十里长亭闻鼓角，一川秀色明花柳。
北临飞槛[2]卷黄流，南望青山如岘首[3]。
东风吹开锦绣谷，渌水翻动蒲萄酒。
讼庭生草数开樽，过客如云牢闭口。

① 殷（yǐn）：震动。② 飞槛（jiàn）：高楼的阑干。③ 岘（xiàn）首：山名，在今湖北襄阳。

与梁左藏会饮傅国博家

将军破贼自草檄，论诗说剑俱第一。
彭城老守本虚名，识字劣能欺项籍[1]。
风流别驾贵公子，欲把笙歌暖锋镝[2]。
红旆[3]朝开猛士噪，翠帷暮卷佳人出。
东堂醉卧呼不起，啼鸟落花春寂寂。
试教长笛傍耳根，一声吹裂阶前石。

① 项籍：项羽。《史记·项羽本纪》载“项籍少时，学书不成”。② 锋镝（dí）：刀刃和箭镞，借指兵器。③ 红旆（pèi）：红旗。

约公择饮，是日大风

先生生长匡庐山[①]，山中读书三十年。
旧闻饮水师颜渊，不知治剧[②]乃所便。
偷儿夜探赤白丸，奋髯忽逢朱子元。
半年群盗诛七百，谁信家书藏九千。
春风无事秋月闲，红妆执乐豪且妍。
紫衫玉带两部[③]全，琵琶一抹四十弦。
客来留饮不计钱，齐人爱公如子产。
儿啼卧路呼不还，我惭山郡空留连。
牙兵部吏笑我寒，邀公饮酒公无难。
约束官奴买花钿，薰衣理鬓夜不眠。
晓来颠风尘暗天，我思其由岂坐悭。
作诗愧谢公笑欢，归来瑟缩愈不安。
要当啖公八百里[④]，豪气一洗儒生酸。

① 匡庐山：即庐山。② 治剧：处理繁重难办的事务。③ 两部：指坐部乐与立部乐。④ 啖（dàn）公八百里：吃牛肉。《世说新语·汰侈》:“王君夫有牛，名‘八百里驳’。”八百里，健壮的牛。

续《丽人行》[一]

李仲谋家有周昉画背面欠伸内人[①]，极精。戏作此诗。
深宫无人春日长，沉香亭北百花香。
美人睡起薄梳洗，燕舞莺啼空断肠。
画工欲画无穷意，背立东风初破睡。

若教回首却嫣然，阳城下蔡俱风靡[2]。

杜陵饥客眼长寒，蹇驴破帽随金鞍。

隔花临水时一见，只许腰肢背后看。

心醉归来茅屋底，方信人间有西子。

君不见，孟光举案与眉齐，何曾背面伤春啼。

〔一〕并序。　〇“心醉”二句拙，“孟光”二句腐。

① 内人：宫中女官。亦指宫女。②“若教”“阳城”二句：战国宋玉《登徒子好色赋》：“嫣然一笑，惑阳城，迷下蔡。”

起伏龙行〔一〕

徐州城东二十里，有石潭。父老云与：“泗水通，增损清浊，相应不差，时有河鱼出焉。”元丰元年春旱，或云：“置虎头潭中，可以致雷雨。”用其说，作《起伏龙行》。

何年白竹千钧弩，射杀南山雪毛虎[1]。

至今颅骨带霜牙，尚作四海毛虫[2]祖。

东方久旱千里赤，三月行人口生土。

碧潭近在古城东，神物所蟠谁敢侮。

上歆苍石拥岩窦，下应清河通水府。

眼光作电走金蛇，鼻息为云擢烟缕。

当年负图[3]传帝命，左右羲轩诏神禹。

尔来怀宝但贪眠，满腹雷霆喑不吐。

赤龙白虎战明日〔二〕，倒卷黄河作飞雨。

嗟我岂乐斗两雄，有事径须烦一怒。

〔一〕并序。　〔二〕公自注：是月丙辰，明日庚寅。

①“何年”“射杀”二句：《后汉书·南蛮西南夷列传》：“秦昭襄王时，有一白虎……伤害千余人……时有巴郡阆中夷人，能作白竹之弩，乃登楼射杀白虎。”②毛虫：兽类。③负图：背负“河图”“洛书”。传说圣主出，有龙马龟凤等背负传授天命的图文以献。

次韵答刘泾

吟诗莫作秋虫声，天公怪汝钩物情，使汝未老华发生。
芝兰得雨蔚青青，何用自燔[①]以出馨。
细书千纸杂真行[②]，新音百变口如莺。
异义蜂起弟子争，舌翻涛澜卷齐城[③]。
万卷堆胸兀相撑，以病为乐子未惊〔一〕。
我有至味非煎烹，是中之乐吁难名。
绿槐如山暗广庭，飞虫绕耳细而清。
败席展转卧见经，亦自不嫌翠织成。
意行[④]信足无沟坑，不识五郎呼作卿[⑤]。
吏民哀我老不明，相戒无复烦鞭刑。
时临泗水照星星[⑥]，微风不起镜面平。
安得一舟如叶轻，卧闻邮签[⑦]报水程。
莼羹羊酪[⑧]不须评，一饱且救饥肠鸣〔二〕。

〔一〕以上嘲刘之苦。　〔二〕以上叙己之乐。

①燔（fán）：焚烧。②真行：楷书与行书。③“舌翻”句：《史记·淮阴侯列传》：“范阳辩士蒯通说信曰：“‘且郦生一士，伏轼掉三寸之舌，下齐七十余城。’”④意行：犹信步。⑤“不识”句：《旧唐书·宋璟传》：“当时朝列，皆以二张内宠，不名官，呼易之

为五郎，昌宗为六郎。天官侍郎郑善果谓璟曰：'中丞奈何呼五郎为卿？'璟曰：'以官言之，正当为卿；若以亲故，当为张五。'" ⑥ 星星：头发花白貌。⑦ 邮签：驿馆、驿船等夜间报时的更筹。⑧ 莼羹羊酪：《世说新语·言语》："陆机诣王武子，武子前置数斛羊酪，指以示陆曰：'卿江东何以敌此？'陆云：'有千里莼羹，但未下盐豉耳。'"

携妓乐游张山人园

大杏金黄小麦熟，堕巢乳鹊拳新竹。
故将俗物恼幽人①，细马红妆满山谷。
提壶②劝酒意虽重，杜鹃催归声更速。
酒阑人散却关门，寂历斜阳挂疏木。

① 俗物恼幽人：刘义庆《世说新语·排调》："嵇、阮、山、刘在竹林酣饮，王戎后往。步兵曰：'俗物已复来败人意。'" ② 提壶：鸟名，即鹈鹕。

和子由送将官梁左藏仲通

雨足谁言春麦短，城坚不怕秋涛卷。
日长惟有睡相宜，半脱纱巾落纨扇。
芳草不锄当户长①，珍禽独下无人见。
觉来身世都是梦，坐久枕痕犹著面。
城西忽报故人来，急扫风轩炊麦饭[一]。

伏波论兵初矍铄[2]，中散谈仙更清远。

南都从事[3]亦学道，不恤肠空夸脑满[4]。

问羊他日到金华，应许相将游阆苑。

〔一〕公自注：徐州所出。　　○前八句自叙闲适之趣，后八句叙梁来徐，兼忆子由。

①“芳草”句：指治罪。《三国志·蜀书·周群传》：“诸葛亮表请其（张裕）罪，先主答曰：‘芳兰生门，不得不锄。’”②“伏波”句：《后汉书·马援传》：“又善兵策，帝常言‘伏波论兵，与我意合’。”“援据鞍顾眄，以示可用。帝笑曰：‘矍铄哉，是翁也！’”③南都从事：指苏辙。时苏辙从张方平签书南京判官。④“不恤”句：晋葛洪《抱朴子·杂应》：“欲得长生，肠中当清；欲得不死，肠中无滓。”《抱朴子·至理》：“今道引行气，还精补脑。”

次韵秦观秀才见赠，秦与孙莘老、李公择甚熟，将入京应举

夜光明月非所投，逢年遇合百无忧。

将军百战竟不侯[1]，伯郎一斗得凉州[2]。

翘关负重[3]非无力，十年不入纷华域。

故人坐上见君文，谓是古人吁莫测。

新诗说尽万物情，硬黄[4]小字临黄庭。

故人已去君未到，空吟河畔草青青。

谁谓他乡各异县，天遣君来破吾愿。

一闻君语识君心，短李[5]髯孙[6]眼中见。

江湖放浪久全真，忽然一鸣惊倒人。

纵横所值无不可，知君不怕新书[7]新。

千金敝帚那堪换，我亦淹留岂长算。

山中既未决同归，我聊尔耳君其漫。

①“将军”句：此指李广百战成名，终未封侯。②“伯郎”句：指孟佗（字伯郎）以一斗酒得拜凉州刺史事。③翘关负重：古代武举考试的两个重要科目。④硬黄：纸名，以黄檗和蜡涂染，质坚韧而莹彻透明，利于久藏。⑤短李：本指唐代诗人李绅。此借指李常。⑥髯孙：指孙权。⑦新书：贾谊所撰政论。

仆曩于长安陈汉卿家，见吴道子画佛，碎烂可惜。其后十余年，复见之于鲜于子骏家，则已装背完好。子骏以见遗，作诗谢之

贵人金多身复闲，争买书画不计钱。

已将铁石充逸少〔一〕，更补朱繇为道玄〔二〕。

烟薰屋漏装玉轴，鹿皮苍璧知谁贤。

吴生画佛本神授，梦中化作飞空仙。

觉来落笔不经意，神妙独到秋毫颠。

昔我长安见此画，叹息至宝空潸然。

素丝断续不忍看，已作蝴蝶飞联翩。

君能收拾为补缀，体质散落嗟神全。

志公仿佛见刀尺，修罗天女犹雄妍。

如观老杜飞鸟句，脱字欲补知无缘。

问君乞得良有意，欲将俗眼为洗湔。

贵人一见定羞怍[1]，锦囊千纸[2]何足捐。

不须更用博[3]麻缕，付与一炬随飞烟。

〔一〕公自注：法帖大王书中有殷铁石字。铁石，梁武帝时人。 〔二〕公自注：世所收吴道子画多朱繇笔也。

① 羞怍（zuò）：羞愧。② 锦囊千纸：宋米芾《画史》："近世人或有赀力，元非酷好，意作摽韵，至假耳目于人，此谓之好事者。置锦囊玉轴以为珍秘，开之，或笑倒，余辄抚案大叫曰：'惭惶杀人。'" ③ 博：换取。

次韵舒教授寄李公择

草书妙绝吾所兄，真书小低①犹抗行②。

论文作诗俱不敌，看君谈笑收降旌。

去年逾月方出昼〔一〕，为君剧饮几濡首③。

今年过我虽少留，寂寞陶潜方止酒〔二〕④。

别时流涕揽君须，悬知此欢堕空虚。

松下纵横余屐齿，门前轹辘⑤想君车。

怪君一身都是德，近之清润沦肌骨。

细思还有可恨时，不许蓝桥⑥见倾国〔三〕。

〔一〕公自注：予去年留齐月余。 〔二〕公自注：此行公择病酒，久不饮。 〔三〕公自注：公择有婢，名云英，屡欲出，不果。

① 小低：稍差。② 抗行：抗衡。③ 濡首：沉湎于酒而有失态。④ 陶潜方止酒：陶潜有《止酒》诗。止酒，戒酒。⑤ 轹辘（lì lù）：形容车轮转动声。⑥ 蓝桥：桥名。相传唐代裴航落第，经蓝桥驿，在此遇仙女云英。后以蓝桥比喻恋人结为美好姻缘的途径。

次韵答舒教授观余所藏墨

异时长笑王会稽，野鹜膻腥污刀几。
暮年却得庾安西，自厌家鸡题六纸。
二子风流冠当代，顾与儿童争愠喜。
秦王十八已龙飞[①]，嗜好晚将蛇蚓比。
我生百事不挂眼，时人谬说云工此。
世间有癖念谁无，倾身障簏[②]尤堪鄙。
一生当著几緉屐[③]，定心肯为微物起。
此墨足支三十年，但恐风霜侵发齿。
非人磨墨墨磨人，瓶应未罄罍先耻。
逝将振衣归故国，数亩荒园自锄理。
作书寄君君莫笑，但觅来禽与青李[④]。
一螺[⑤]点漆便有余，万灶烧松何处使。
君不见，永宁第[⑥]中捣龙麝，列屋闲居清且美。
倒晕[⑦]连眉秀岭浮[⑧]，双鸦画鬓香云委[⑨]。
时闻五斛赐蛾绿，不惜千金求獭髓。
闻君此诗当大笑，寒窗冷砚冰生水。

① 龙飞：喻帝王兴起。② 簏（lù）：竹篓。③ 几緉屐：几双鞋。緉，古代计算鞋的单位，相当于“双”。④ 来禽与青李：晋王羲之《与蜀郡守朱书帖》的别称，因其首有“青李来禽”，故名。⑤ 螺：墨的量词。⑥ 永宁第：唐王涯好收藏，其家在长安永宁里。一说指李驸马第，士大夫家墨，有“永宁赐第”四字，即李驸马家。⑦ 倒晕：妇女眉妆式样之一。⑧ 秀岭浮：谓眉色如远山。⑨ 香云委：谓头发拖垂。

答范淳甫

吾州下邑生刘季[①]，谁数区区张与李[②]。

重瞳[③]遗迹已尘埃，惟有黄楼临泗水[一]。

而今太守老且寒，侠气不洗儒生酸。

犹胜白门穷吕布，欲将鞍马事曹瞒[④]。

〔一〕公自注：郡有听事，俗谓之霸王厅，相传不可坐，仆拆之以盖黄楼。

① 刘季：即汉高祖刘邦。② 张与李：指张建封与李光弼。张建封，唐德宗贞元四年（788）拜徐泗节度使，李光弼代宗朝封临淮郡王。③ 重瞳：指项羽。④“犹胜”“欲将”二句：《三国志·魏书·张邈传》：“布与其麾下登白门楼。兵围急，乃下降。遂生缚布……布请曰：‘明公所患不过于布，今已服矣，天下不足忧。明公将步，令布将骑，则天下不足定也。’”

次韵答王定国

每得君诗如得书，宣心[①]写妙书不如。

眼前百种无不有，知君一以诗驱除。

传闻都下十日雨，青泥没马街生鱼。

旧雨来人今不来，悠然独酌卧清虚。

我虽作郡古云乐，山川信美非吾庐。

愿君不废重九约，念此衰冷勤呵嘘[②]。

① 宣心：表达心意。② 呵嘘：虚气，吹气。此指关心冷暖。

芙蓉城〔一〕

世传王迥子高与仙人周瑶英游芙蓉城。元丰元年三月，余始识子高，问之，信然。乃作此诗，极其情而归之正，亦变风止乎礼义之意也。〔二〕

芙蓉城中花冥冥，谁其主者石与丁①。
珠帘玉案翡翠屏，云舒霞卷千俜停②。
中有一人长眉青，炯如微云淡疏星。
往来三世空炼形，竟坐误读黄庭经。
天门夜开飞爽灵③，无复白日乘云軿④。
俗缘千劫磨不尽，翠被冷落凄余馨。
因过缑山朝帝廷，夜闻笙箫弭节听⑤。
飘然而来谁使令，皎如明月入窗棂。
忽然而去不可执，寒衾虚幌风泠泠。
仙宫洞房本不扃⑥，梦中同蹑凤皇翎。
径度万里如奔霆，玉楼浮空耸亭亭。
天书云篆⑦谁所铭，绕楼飞步高竛竮⑧。
仙风锵然韵流铃，蘧蘧⑨形开⑩如醉醒。
芳卿寄谢⑪空丁宁，一朝覆水不返瓶，罗巾别泪空荧荧。
春风花开秋叶零，世间罗绮纷膻腥。
此身流浪随沧溟，偶然相值两浮萍。
愿君收视观三庭⑫，勿与嘉谷生蝗螟。
从渠一念三千龄，下作人间尹与邢⑬。

〔一〕并引。　〔二〕邵氏长蘅注：胡微之作《王子高芙蓉城传略》云：王回，字子高，虞部员外郎正路之次子。初遇一女，自言周太尉女，语王曰："我于人间嗜欲未尽，缘以冥契，当侍巾帻，是以奉寻，非一朝夕之分也。"又王初见周，惧不敢寝，更深困甚，视窗户掩闭，及入解衣，闻屏帏间有喘息声，乃适。女郎已脱衣而卧。天明，□□□余香不散。自是，朝去夕至，凡百余日。又周云即预朝列，王曰："朝帝耶？"不言其详。由此倏去不来者数日。忽一夕，梦周道服而至，谓王曰："我居幽僻，君能一往否？"喜而从之，但觉其身飘然，与周同举。须臾，过一岭，及一门。珍禽佳木，清流怪石，殿阁金碧相照。遂与王自东厢门入循廊。至一殿亭，甚雄壮。下有三楼，相视而耸，亦甚雄丽。廊间半开，周忽入，王少留。须臾，周与一女郎至。周曰："三山之事息乎？"曰："虽已息，奈情何？"于是拊掌而去。逡巡，东廊之门启，有女流道装而出者百余人，立于庭下。俄闻殿上卷帘，有美丈夫一人，朝服凭几，而庭下之女循次而上。少顷，凭几者起，帘复下，诸女流亦复不见。周遂命王登东厢之楼，上有酒具。凭栏纵观，山川清秀。梁上有碑，题曰"碧云"，其字则《真诰》，八龙云篆。王未及下，一女郎复登是楼，年可十五，容色娇媚，亦周之比。周曰："此芳卿也，与我最相爱。"芳卿盖其字耳。梦之明日，周来，王语以梦。周笑曰：芳卿之意甚勤也。"王问何地，周曰："芙蓉城也。"曰："凭几者谁，三山之事何谓？"周皆不对。问芳卿何姓，曰："与我同。"王感其事，作诗遗周云。又虞曹公状其事以奏帝。春花秋月，凄怆悲泣而去。周临别，留诗云："久事屏帏不暂闲，今朝离意尚阑珊。临行惟有相思泪，滴在罗衣一半斑。"按，《芙蓉城传》，施氏注散入句下，王注录之，亦不详。蘅未见全传，又无他本可校，兹从施氏句注中掇拾出之，未免句字脱落，残阙多有。而先生是诗，大概采用其意，不可略也。乃附著之如此。

① 石与丁：石曼卿与丁度。② 俜（pīng）停：姿容美好的女子。③ 爽灵：道教称人三魂之一。④ 云軿（píng）：神仙所乘之车。以云为之，故云。⑤ 弭（mǐ）节：驻节，停车。⑥ 扃（jiōng）：上闩，关门。⑦ 云篆：道家符箓。⑧ 竛竮（líng píng）：行走不稳的样子。⑨ 蘧（qú）蘧：悠然自得的样子。⑩ 形开：目开意悟。⑪ 寄谢：传告，告知。⑫ 三庭：道教语。人体的三个部位，上黄庭宫、中黄庭宫和下黄庭宫的合称。⑬ 尹与邢：汉武帝宠妃尹夫人与邢夫人的并称。

送将官梁左藏赴莫州

燕南垂，赵北际[①]，其间不合大如砺。

至今父老哀公孙，蒸土为城[②]铁作门。

城中积谷三百万，猛士如云骄不战。

一旦鼓角鸣地中，帐下美人空掩面。

岂如千骑平时来，笑谭謦欬[③]生风雷。

葛巾羽扇红尘静，投壶雅歌清燕[④]开。

东方健儿虓虎[⑤]样，泣涕怀思廉耻将。

彭城老守亦凄然，不见君家雪儿[⑥]唱。

①“燕南”“赵北”二句：燕南、赵北泛指黄河以北地区。②蒸土：以石英、黏土、石灰加水混合生成的“三合土”，因石灰遇水呈雾气腾腾之状，故称为“蒸土”。③謦欬（qǐng kài）：咳嗽。亦借指谈笑、谈吐。④清燕：饮宴。⑤虓（xiāo）虎：咆哮怒吼的虎，多比喻勇士猛将。⑥雪儿：唐李密爱姬，能歌舞。后泛指歌女。

中秋见月寄子由

明月未出群山高，瑞光万丈生白毫。

一杯未尽银阙涌，乱云脱坏如崩涛。

谁为天公洗眸子，应费明河千斛水。

遂令冷看世间人，照我湛然心不起。

西南大星如弹丸，角尾奕奕苍龙蟠[①]。

今宵注眼[②]看不见，更许萤火争清寒。

何人舣舟[③]临古汴，千灯夜作鱼龙变。

曲折无心逐浪花，低昂赴节[④]随歌板〔一〕。

青荧灭没转前山，浪飐[⑤]风回岂复坚。

明月易低人易散，归来呼酒更重看。

堂前月色愈清好，咽咽寒螀[⑥]鸣露草。

卷帘推户寂无人，窗下咿哑惟楚老〔二〕。

南都从事莫羞贫，对月题诗有几人。

明朝人事随日出，恍然一梦瑶台客。

〔一〕公自注：是夜，贾客舟中放水灯。　〔二〕公自注：近有一孙，名楚老。

①“角尾”句：东方七宿角、亢、氐、房、心、尾、箕，合称苍龙。②注眼：集中目光看。③舣（yǐ）舟：停泊船只。④赴节：应和节拍。⑤飐（zhǎn）：摇动。⑥寒螀（jiāng）：深秋的鸣虫。

答王巩〔一〕

汴泗绕吾城，城坚如削铁[①]。

中有李临淮，号令肝胆裂。

古来彭城守，未省怕恶客[②]。

恶客云是谁，祥符相公[③]孙。

是家豪逸生有种〔二〕，千金一掷颇黎[④]盆。

连车载酒来，不饮外酒嫌其村。

子有千瓶酒，我有万株菊。

任子满头插，团团见花不见目。

醉中插花归，花重压折轴。

问客何所须，客言我爱山。

青山自绕郭，不要买山钱。

此外有黄楼，楼下一河水。

美哉洋洋乎，可以疗饥并洗耳。

彭城之游乐复乐，客恶何如主人恶。

〔一〕公自注：巩将见过，有诗自谓“恶客”，戏之。　〔二〕《汉书·外戚传》：“是家轻族人。”“是家”字本之。

① 削铁：宝剑。② 恶客：本指不饮酒的人，后转称酗酒者。③ 祥符相公：指王巩祖父，宋真宗祥符年间曾为宰相。④ 颇黎：玻璃。

九日黄楼作

去年重阳不可说，南城夜半千沤发①。

水穿城下作雷鸣，泥满城头飞雨滑。

黄花白酒无人问，日暮归来洗靴袜。

岂知还复有今年，把盏对花容一呷②。

莫嫌酒薄红粉陋，终胜泥中千柄锸。

黄楼新成壁未干，清河已落霜初杀。

朝来白露如细雨，南山不见千寻刹。

楼前便作海茫茫，楼下空闻橹鸦轧③。

薄寒中人④老可畏，热酒烧肠气先压。

烟消日出见渔村，远水鳞鳞山齾齾⑤。

诗人猛士杂龙虎〔一〕，楚舞吴歌乱鹅鸭。

一杯相属君勿辞，此景何殊泛清霅。

〔一〕公自注：坐客三十余人，多知名之士。

① 千沤（ōu）发：极言水势之大。沤，水泡。② 呷（xiā）：小口地喝。③ 鸦轧（zhá）：摇橹声。④ 中人：伤害人。⑤ 巀（yà）巀：参差起伏的样子。

李思训画长《江绝岛图》

山苍苍，江茫茫。大孤小孤江中央。
崖崩路绝猿鸟去，惟有乔木搀天[1]长。
客舟何处来，棹歌中流声抑扬。
沙平风软望不到，孤山久与船低昂。
峨峨两烟鬟，晓镜开新妆。
舟中贾客[2]莫漫狂，小姑前年嫁彭郎。

① 搀天：参天，高耸入天。② 贾（gǔ）客：商人。

次韵王巩独眠

居士身心如槁木，旅馆孤眠体生粟[1]。
谁能相思琢白玉，服药千朝偿一宿。
天寒日短银灯续，欲往从之车脱轴。
何人吹断参差竹[2]，泗水茫茫鸭头绿。

①生粟：谓皮肤起鸡皮疙瘩。②参差竹：洞箫。

登云龙山

醉中走上黄茅冈，满冈乱石如群羊。
冈头醉倒石作床，仰看白云天茫茫。歌声落谷秋风长。
路人举首东南望，拍手大笑使君狂。

次韵僧潜见赠

道人胸中水镜[1]清，万象起灭无逃形。
独依古寺种秋菊，要伴骚人餐落英。
人间底处有南北，纷纷鸿雁何曾冥。
闭门坐穴[2]一禅榻，头上岁月空峥嵘。
今年偶出为求法，欲与慧剑如砻硎[3]。
云衲[4]新磨山水出，霜髭不翦儿童惊。
公侯欲识不可得，故知倚市无倾城。
秋风吹梦过淮水，想见橘柚垂空庭。
故人各在天一角，相望落落如晨星。
彭城老守何足顾，枣林桑野相邀迎。
千山不惮荒店远，两脚欲趁飞猱轻。
多生绮语磨不尽，尚有宛转诗人情。
猿吟鹤唳本无意，不知下有行人行。

空阶夜雨自清绝，谁使掩抑啼孤茕。

我欲仙山掇瑶草，倾筐坐叹何时盈。

簿书鞭扑[5]昼填委，煮茗烧栗宜宵征[6]。

乞取摩尼[7]照浊水，共看落月金盆倾。

① 水镜：《世说新语·赏誉》："卫伯玉为尚书令，见乐广与中朝名士谈议……命子弟造之，曰：'此人，人之水镜也，见之若披云雾睹青天。'" ② 坐穴：坐穿。③ 砻硎（lóng xíng）：磨砺。④ 云衲（nà）：僧衣。⑤ 鞭扑：鞭打，泛指施刑。⑥ 宵征：夜行。⑦ 摩尼：宝珠。

次韵潜师放鱼

法师说法临泗水，无数天花随麈尾。

劝将净业种西方，莫待梦中呼起起。

哀哉若鱼竟坐口，远愧知几穆生醴[1]。

况逢孟简对卢仝[2]，不怕校人欺子美[3]。

疲民尚作鱼尾赤，数罟[4]未除吾颡泚[5]。

法师自有衣中珠，不用辛苦沙泥底。

① 知几穆生醴（lǐ）：《汉书·楚元王传》："初，元王敬礼申公等，穆生不耆酒，元王每置酒，常为穆生设醴……后忘设焉。……穆生曰：'易称"知几其神乎……"'遂谢病去。"醴，甜酒。② 孟简对卢仝：孟简与卢仝游北湖，尽买渔人所获鱼，放之，卢仝作《观放鱼歌》。③ 校人欺子美：《孟子·万章上》："昔者有馈生鱼于郑子产，子产使校人畜之池。校人烹之，反命曰：'始舍之圉圉焉，少则洋洋焉，攸然而逝。'子产曰：'得其所哉！得其所哉！'"校

人：主管池沼畜鱼的小吏。子美，即子产。④ 数（cù）罟（gǔ）：细密的鱼网。⑤ 颡泚（sǎng cǐ）：额头出汗，谓心中惭愧。

百步洪〔一〕

王定国访余于彭城。一日，棹小舟，与颜长道携盼、英、卿三子游泗水，北上圣女山，南下百步洪，吹笛饮酒，乘月而归。余时以事不得往。夜着羽衣，伫立黄楼上，相视而笑，以为李太白死，世间无此乐三百余年矣。定国既去逾月，复与参寥师放舟洪下，追怀曩游，已为陈迹，喟然而叹，故作二诗。一以遗参寥，一以寄定国，且示颜长道、舒尧文，邀同赋云。

长洪斗落生跳波，轻舟南下如投梭。
水师①绝叫凫雁起，乱石一线争磋磨。
有如兔走鹰隼落，骏马下注千丈坡。
断弦离柱箭脱手，飞电过隙珠翻荷。
四山眩转风掠耳，但见流沫生千涡。
崄②中得乐虽一快，何异水伯夸秋河③。
我生乘化④日夜逝，坐觉一念逾新罗。
纷纷争夺醉梦里，岂信荆棘埋铜驼⑤。
觉来俯仰失千劫，回视此水殊委蛇⑥。
君看岸边苍石上，古来篙眼如蜂窠。
但应此心无所住，造物虽驶如吾何。
回船上马各归去，多言譊譊⑦师所呵。

〔一〕并引。

①水师：船夫。②崄（xiǎn）：险。③水伯夸秋河：指河伯见秋水而喜。《庄子·秋水》："秋水时至，百川灌河，泾流之大，两涘渚涯之间，不辨牛马。于是焉河伯欣然自喜，以天下之美为尽在己。"④乘化：顺随自然。⑤荆棘埋铜驼：《晋书·索靖传》："靖有先识远量，知天下将乱，指洛阳宫门铜驼，叹曰：'会见汝在荆棘中耳！'"⑥委（wēi）蛇（yí）：曲折绵延的样子。⑦谚谚（náo）：争辩，论辩，引申为喧闹嘈杂。

佳人未肯回秋波，幼舆欲语防飞梭[1]。
轻舟弄水买一笑，醉中荡桨肩相磨。
不学长安闾里侠，貂裘夜走胭脂坡[2]。
独将诗句拟鲍谢，涉江共采秋江荷。
不知诗中道何语，但觉两颊生微涡。
我时羽服黄楼上，坐见织女初斜河。
归来笛声满山谷，明月正照金叵罗。
奈何舍我入尘土，扰扰毛群[3]欺卧驼。
不念空斋老病叟，退食谁与同委蛇[4]。
时来洪上看遗迹，忍见屐齿青苔窠。
诗成不觉双泪下，悲吟相对惟羊何[5]。
欲遣佳人寄锦字[6]，夜寒手冷无人呵。

①"幼舆"句：《晋书·谢鲲传》："邻家高氏女有美色，鲲尝挑之，女投梭，折其两齿。时人为之语曰：'任达不已，幼舆折齿。'"幼舆：谢鲲的字。②胭脂坡：长安妓馆坊名。③毛群：兽类。④委蛇：雍容自得貌。⑤羊何：指羊璿之、何长瑜，皆谢灵运好友。⑥锦字：锦字书，此指书信。

夜过舒尧文戏作

先生堂上霜月苦，弟子读书喧两庑[①]。

推门入室书纵横，蜡纸灯笼晃云母。

先生骨清少眠卧，长夜默坐数更鼓。

耐寒石砚欲生冰，得火铜瓶如过雨。

郎君欲出先自赞，坐客敛衽[②]谁敢侮。

明朝阮籍过阿戎[③]，应作羲之羡怀祖[④]。

① 两庑（wǔ）：宫殿或祠庙的东西两廊。② 敛衽（rèn）：整理衣襟，指恭敬。③ 阮籍过阿戎：《世说新语·简傲》刘孝标注引《竹林七贤论》："籍与戎父浑俱为尚书郎，每造浑，坐未安，辄曰：'与卿语，不如与阿戎语。'就戎，必日夕而返。" ④ 羲之羡怀祖：《晋书·王羲之传》："时骠骑将军王述少有名誉，与羲之齐名，而羲之甚轻之……及述蒙显授，羲之耻为之下……谓其诸子曰：'吾不减怀祖，而位遇悬邈，当由汝等不及坦之故邪！'"

次韵舒尧文祈雪雾猪泉

长笑蛇医一寸腹，衔水吐雹何时足。

苍鹅无罪亦可怜，斩颈横盘不敢哭。

岂知泉下有猪龙，卧枕雷车踏阴轴。

前年太守为旱请，雨点随人如撒菽。

太守归国龙归泉，至今人咏淇园绿。

我今又复罹此旱，凛凛疲民在沟渎[①]。

却寻旧迹叩神泉，坐客仍携王子渊。

看草中和乐职颂，新声妙语慰华颠[②]。

晓来泉上东风急，须上冰珠老蛟泣。

怪词欲逼龙飞起，崄韵不量吾所及。

行看积雪厚埋牛，谁与春工掀百蛰。

此时还复借君诗，余力汰辀仍贯笠。

挥毫落纸勿言疲，惊龙再起震失匙[3]。

①沟渎：喻困厄之境。②华颠：白头，指老年人。③震失匙：受惊而失手掉落匙。《三国志·蜀书·先主传》："是时曹公从容谓先主曰：'今天下英雄，唯使君与操耳。本初之徒，不足数也。'先主方食，失匕箸。"

石炭〔一〕

彭城旧无石炭，元丰元年十二月，始遣人访获于州之西南白土镇之北，冶铁作兵[1]，犀利胜常云。

君不见，前年雨雪行人断，城中居民风裂骭[2]。

湿薪半束抱衾裯，日暮敲门无处换。

岂料山中有遗宝，磊落如䃜[3]万车炭。

流膏迸液无人知，阵阵腥风自吹散。

根苗一发浩无际，万人鼓舞千人看。

投泥泼水愈光明，烁玉流金见精悍。

南山栗林渐可息，北山顽矿何劳锻。

为君铸作百炼刀，要斩长鲸为万段。

〔一〕并引。

①作兵：制造兵器。②骭（gàn）：小腿骨。③䃜（yī）：美石黑色。

作书寄王晋卿，忽忆前年寒食北城之游，走笔为此诗

北城寒食烟火微，落花胡蝶作团飞。

王孙出游乐忘归，门前骢马紫金鞿①。

吹笙帐底烟霏霏，行人举头谁敢睎②。

扣门狂客君不麾③，更遣倾城出翠帷。

书生老眼省见④稀，画图但觉周昉肥⑤。

别来春物已再菲，西望不见红日围⑥。

何时东山歌采薇，把盏一听金缕衣。

① 鞿（jī）：马嚼子。② 睎（xī）：眺望。③ 麾：挥之使去。④ 省见：见识。⑤“画图”句：《宣和画谱》卷六：“世谓昉画妇女，多为丰厚态度者，亦是一蔽。”⑥ 红日围：指京畿。

雪斋〔一〕

君不见，峨眉山西雪千里，北望成都如井底。

春风百日吹不消，五月行人如冻蚁。

纷纷市人争夺中，谁信言公似赞公。

人间热恼①无处洗，故向西斋作雪峰。

我梦扁舟入吴越，长廊静院灯如月。

开门不见人与牛〔二〕，惟见空庭满山雪。

〔一〕公自注：杭僧法言作雪山于斋中。　〔二〕公自注：言有诗见寄，云：“林下闲看水牯牛。”

① 热恼：焦灼苦恼。

月夜与客饮杏花下

杏花飞帘散余春，明月入户寻幽人。
褰衣[1]步月踏花影，炯如流水涵青蘋。
花间置酒清香发，争挽长条落香雪。
山城薄酒不堪饮，劝君且吸杯中月。
洞箫声断月明中，惟忧月落酒杯空。
明朝卷地春风恶，但见绿叶栖残红。

① 褰（qiān）衣：提起衣裳。

田国博见示石炭诗，有“铸剑斩佞臣”之句，次韵答之

楚山铁炭皆奇物，知君欲斫奸邪窟。
属镂[1]无眼不识人，楚国何曾斩无极[2]。
玉川[3]狂直古遗民，救月[4]裁诗语最真。
千里妖蟆一寸铁，地上空愁虮虱臣[5]。

① 属镂：剑名。② 无极：费无极，春秋时楚国佞臣，曾使平王杀太子建太傅伍奢及奢子伍尚。③ 玉川：卢仝号。④ 救月：古人遇月蚀，以为是阳侵阴，必以矢射日，祈祷鼓噪，称“救月”。⑤ 虮虱臣：微贱之臣。

舟中夜起

微风萧萧吹菰蒲，开门看雨月满湖。
舟人水鸟两同梦，大鱼惊窜如奔狐。
夜深人物不相管，我独形影相嬉娱。
暗潮生渚吊寒蚓，落月挂柳看悬蛛。
此生忽忽忧患里，清境过眼能须臾。
鸡鸣钟动百鸟散，船头击鼓还相呼。

次韵秦太虚见戏耳聋

君不见，诗人借车无可载[①]，留得一钱[②]何足赖。
晚年更似杜陵翁，右臂虽存耳先聩。
人将蚁动作牛斗[③]，我觉风雷真一噫[④]。
闻尘扫尽根性空，不须更枕清流派[⑤]。
大朴初散失浑沌，六凿相攘更胜败。
眼花乱坠酒生风，口业不停诗有债。
君知五蕴皆是贼，人生一病今先差〔一〕。
但恐此心终未了，不见不闻还是碍。
今君疑我特佯聋，故作嘲诗穷崄怪。
须防额痒出三耳，莫放笔端风雨快。

〔一〕差：同瘥，楚懈切。

①“诗人”句：唐孟郊《借车》：“借车载家具，家具少于车。”②留得一钱：唐杜甫《空囊》中有“囊空恐羞涩，留得一钱看”之句。③“人将”句：《世说新语·纰漏》：“殷仲堪父病虚悸，闻床下

蚁动，谓是牛斗。”④“我觉”句：《庄子·齐物论》：“夫大块噫气，其名为风。”噫，吐气。⑤枕清流派：《世说新语·排调》：“孙（楚）曰：‘所以枕流，欲洗其耳；所以漱石，欲砺其齿。’”派，支流。

送刘寺丞赴余姚

中和堂后石楠树，与君对床听夜雨。
玉笙哀怨不逢人，但见香烟横碧缕。
讴吟思归出无计，坐想蟋蟀空房语。
明朝开锁放观潮，豪气正与潮争怒。
银山动地君不看，独爱清香生云雾。
别来聚散如宿昔，城郭空存鹤飞去。
我老人间万事休，君亦洗心从佛祖。
手香新写法界观，眼净不觑登伽女[1]。
余姚古县亦何有，龙井白泉甘胜乳。
千金买断顾渚春[2]，似与越人降日注[3]。

①登伽女：佛经中所说的淫女摩登伽女的省称。②顾渚春：茶名。③日注：茶名。

王巩清虚堂

清虚堂里王居士，闭眼观身〔一〕如止水。
水中照见万象空，敢问堂中谁隐几[1]。

吴兴太守[②]老且病，堆案满前长渴睡。

愿君勿笑反自观，梦幻去来殊未已。

长疑安石恐不免[③]，未信犀首终无事[④]。

勿将一念住清虚，居士与我盖同耳。

〔一〕身：一作心。

① 隐几：倚靠几案。② 吴兴太守：苏轼自谓。③ 安石恐不免：《世说新语·排调》："初，谢安在东山居，布衣，时兄弟已有富贵者，翕集家门，倾动人物。刘夫人戏谓安曰：'大丈夫不当如此乎？'谢乃捉鼻曰：'但恐不免耳。'" ④ 犀首终无事：《史记·张仪列传》："陈轸曰：'公何好饮也？'犀首曰：'无事也。'"犀首，战国魏官名。公孙衍曾为此官，故借称公孙衍。

送渊师归径山

我昔尝为径山客，至今诗笔余山色。

师住此山三十年，妙语应须得山骨。

溪城六月水云蒸，飞蚊猛捷如花鹰。

羡师方丈[①]冰雪冷，兰膏不动长明灯[②]。

山中故人知我至，争来问讯今何似。

为言百事不如人，两眼犹能书细字[一][③]。

〔一〕公自注：径山夏无蚊。余旧诗云：问龙乞水归洗眼，欲看细字销残年。

① 方丈：佛寺主持所居室方丈，亦指住持人。② 长明灯：佛前燃灯昼夜不灭，故称。③ 细字：小字。

与胡祠部游法华山

堤湖欲尽山为界，始见寒泉落高派。
道人未放泉出山，曲折虚堂泻清快。
使君年老尚儿戏，绿棹红船舞澎湃。
一笑翻杯水溅裙，余欢濯足波生隘。
长松搀天龙起立，苍藤倒谷云崩坏。
仰穿蒙密[①]得清旷，一览震泽[②]吁可怪。
谁云四万八千顷，渺渺东尽日所晒。
归途十里尽风荷，清唱一声闻露薤[③]。
嗟予少小慕真隐，白发青衫天所械[④]。
忽逢佳士与名山，何异枯杨便马疥。
君犹鸾鹤偶飘堕，六翮[⑤]如云岂长铩[⑥]。
不将新句纪兹游，恐负山中清净债。

①蒙密：茂密的草木。②震泽：即太湖。③露薤（xiè）：即薤露，乐府《相和曲》名。④械：束缚。⑤六翮：鸟羽。⑥铩：摧残。

又次前韵赠贾耘老

具区[①]吞灭三州界，浩浩汤汤纳千派。
从来不著万斛船，一苇渔舟恣奔快。
仙坛古洞不可到，空听余澜鸣湃湃。
今朝偶上法华岭，纵观始觉人寰隘。

山头卧碣吊孤冢，下有至人僵不坏。
空余白棘网秋虫，无复青莲出幽怪。
我来徙倚长松下，欲掘茯苓亲洗晒。
闻道山中富奇药，往往灵芝杂葵薤。
诗人空腹待黄精，生事只看长柄械〔一〕。
今年大熟期一饱，食叶微虫真癣疥〔二〕。
白花半落紫毬香，攘臂欲助磨镰铩。
安得山泉变春酒，与子一洗寻常债。

〔一〕公自注：子美诗云：长镵长镵白木柄，我生托子以为命。〔二〕公自注：今岁有小虫食叶，不甚为害。

① 具区：即太湖。

赵阅道高斋

见公奔走谓公劳，闻公隐退云公高。
公心底处有高下，梦幻去来随所遭。
不知高斋竟何义，此名之设缘吾曹。
公年四十已得道，俗缘未尽余伊皋[①]。
功名富贵俱逆旅，黄金知系何人袍。
超然已了一大事，挂冠而去真秋毫。
坐看猿猱落罝罔[②]，两手未肯置所操。
乃知贤达与愚陋，岂直相去九牛毛。
长松百尺不自觉，企而羡者蓬与蒿。
我欲赢粮[③]往问道，未应举臂辞卢敖。

① 伊皋：伊尹，商之名相；皋陶，舜之大臣，掌刑狱之事。后常并称，喻指良相贤臣。② 罝（jū）罘：渔猎之网。③ 赢粮：携带粮食。

过新息留示乡人任师中〔一〕

昔年尝羡任夫子，卜居新息临淮水。

怪君便尔忘故乡，稻熟鱼肥信清美。

竹陂雁起天为黑〔二〕，桐柏烟横山半紫〔三〕。

知君坐受儿女困[①]，悔不先归弄清泚[②]。

尘埃我亦失收身，此行蹭蹬[③]尤可鄙。

寄食方将依白足，附书未免烦黄耳[④]。

往虽不及来有年，诏恩倘许归田里。

却下关山入蔡州，为买乌犍三百尾〔四〕。

〔一〕公自注：任时知泸州，亦坐事对狱。　〔二〕公自注：小竹陂在县北。　〔三〕公自注：桐柏庙在县南。　〔四〕公自注：黄州出水牛。

① 坐受儿女困：《史记·淮阴侯列传》："信方斩，曰：'吾悔不用蒯通之计，乃为儿女子所诈，岂非天哉！'"儿女，指妇女小孩，指吕后与汉惠帝刘盈。此喻小人。② 清泚：清澈的水。③ 蹭蹬（cèng dèng）：险阻难行。④"附书"句：《艺文类聚》引《述异记》："陆机少时，颇好游猎，在吴豪客献快犬名曰黄耳。机后仕洛……试为书，盛以竹筒，系之犬颈。犬出驿路，走向吴……先到机家，口衔筒作声示之。"

定惠院寓居月夜偶出

幽人无事不出门，偶逐东风转良夜。
参差玉宇飞木末，缭绕香烟来月下。
江云有态清自媚，竹露无声浩如泻。
已惊弱柳万丝垂，尚有残梅一枝亚[①]。
清诗独吟还自和，白酒已尽谁能借。
不辞青春忽忽过，但恐欢意年年谢。
自知醉耳爱松风，会拣霜林结茅舍。
浮浮[②]大甑[③]长炊玉，溜溜[④]小槽[⑤]如压蔗。
饮中真味老更浓，醉里狂言醒可怕。
闭门谢客对妻子，倒冠落佩[⑥]从嘲骂。

①亚：低。②浮浮：烟气上升的样子。③甑（zèng）：炊具。④溜溜：流注声。⑤小槽：制酒器。⑥倒冠落佩：多指弃官归隐。

次韵前篇

去年花落在徐州，对月酣歌美清夜。
今年黄州见花发，小院闭门风露下。
万事如花不可期，余年似酒那禁泻。
忆昔扁舟溯巴峡，落帆樊口高桅亚。
长江衮衮[①]空自流，白发纷纷宁少借。
竟无五亩继沮溺[②]，空有千篇凌鲍谢。

至今归计负云山，未免孤衾眠客舍。
少年辛苦真食蓼，老境安闲如啖蔗。
饥寒未至且安居，忧患已空犹梦怕。
穿花踏月饮村酒，免使醉归官长骂。

① 衮衮：大水奔流的样子。② 沮（zū）溺：春秋时楚国隐士长沮、桀溺的并称。

安国寺寻春

卧闻百舌①呼春风，起寻花柳村村同。
城南古寺修竹合，小房曲槛欹深红。
看花叹老忆年少，对酒思家愁老翁。
病眼不羞云母乱，鬓丝强理茶烟中。
遥知二月王城外，玉仙洪福②花如海。
薄罗匀雾盖新妆，快马争风鸣杂珮。
玉川先生真可怜，一生耽酒终无钱③。
病过春风九十日，独抱添丁看花发④。

① 百舌：鸟名，善鸣。② 玉仙洪福：玉仙观、洪福寺。③“玉川”“一生”二句：唐卢仝《叹昨日》三首之二：“天下薄夫苦耽酒，玉川先生也耽酒。薄夫有钱恣张乐，先生无钱养恬漠。有钱无钱俱可怜，百年骤过如流川。”卢仝号玉川子。④“病过”“独抱”二句：唐卢仝《示添丁》：“春风苦不仁，呼逐马蹄行人家。惭愧瘴气却怜我，入我憔悴骨中为生涯。数日不食强强行，何忍索我抱看满树花。”添丁，卢仝子。

寓居定惠院之东，杂花满山，有海棠一株，土人不知贵也

江城地瘴蕃草木，只有名花苦幽独。
嫣然一笑竹篱间，桃李漫山总粗俗。
也知造物有深意，故遣佳人在空谷①。
自然富贵出天姿，不待金盘荐②华屋。
朱唇得酒晕生脸，翠袖卷纱红映肉。
林深雾暗晓光迟，日暖风轻春睡足。
雨中有泪亦凄怆，月下无人更清淑。
先生食饱无一事，散步逍遥自扪腹。
不问人家与僧舍，拄杖敲门看修竹。
忽逢绝艳照衰朽，叹息无言揩病目。
陋邦何处得此花，无乃好事移西蜀③。
寸根千里不易到，衔子飞来定鸿鹄。
天涯流落俱可念，为饮一樽歌此曲。
明朝酒醒还独来，雪落纷纷那忍触。

① 佳人在空谷：唐杜甫《佳人》中有“绝代有佳人，幽居在空谷”之句，此处以佳人比拟海棠。② 荐：进献。③“无乃”句：西蜀产海棠，故云。

次韵乐著作野步

老来几不辨西东，秋后霜林且强红。
眼晕见花真是病，耳虚闻蚁定非聪。

酒醒不觉春强半，睡起常惊日过中。

植杖偶逢为黍客，披衣闲咏舞雩风。

仰看落蕊收松粉，俯见新芽摘杞丛。

楚雨还昏云梦泽，吴潮不到武昌宫〔一〕。

废兴古郡诗无数，寂寞闲窗易粗通[①]。

解组[②]归来成二老，风流他日与君同。

〔一〕公自注：黄州对岸武昌县有孙权故宫。

① 易粗通：苏轼于黄州作《易传》九卷。② 解组：解下印绶，谓辞免官职。

王齐万秀才寓居武昌县刘郎洑[①]，正与伍洲相对，伍子胥奔吴所从渡江也

君家稻田冠西蜀，捣玉扬珠三万斛。

塞江流柿[②]起书楼，碧瓦朱栏照山谷。

倾家取乐不论命，散尽黄金如转烛[③]。

惟余旧书一百车，方舟载入荆江曲。

江上青山亦何有，伍洲遥望刘郎薮。

明朝寒食当过君，请杀耕牛压私酒。

与君饮酒细论文，酒酣访古江之濆[④]。

仲谋公瑾[⑤]不须吊，一酹[⑥]波神英烈君[⑦]。

① 刘郎洑（fú）：在今湖北鄂州东。② 塞江流柿（fèi）：《晋书·王濬传》："武帝谋伐吴……濬造船于蜀，其木柹蔽江而下。"③ 转烛：风摇烛火，喻变幻莫测。④ 濆（fén）：水崖。⑤ 仲谋公

瑾：仲谋，孙权字；公瑾，周瑜字。⑥ 酹（lèi）：将酒倒在地上，表示祭奠或立誓。⑦ 英烈君：《施注苏诗》载苏轼自注："杭州伍子胥庙封英烈王。"

陈季常[1]自岐亭见访，郡中及旧州诸豪争欲邀致之，戏作陈孟公[2]诗一首

孟公好饮宁论斗，醉后关门防客走[3]。

不妨闲过左阿君[4]，百谪终为贤太守[5]。

老居闾里自浮沉，笑问松柏何苦心。

忽然载酒从陋巷[6]，为爱扬雄作酒箴[7]。

长安富儿求一过，千金寿[8]君君笑唾。

汝家安得客孟公，从来只识陈惊坐[9]。

① 陈季常：陈慥，字季常，号龙丘居士，眉州人，尝与苏轼论兵及古今成败，自谓一世豪士，晚年隐于黄州岐亭。② 陈孟公：陈遵，字孟公。王莽奇遵材，起为河南太守。更始时，为大司马护军，出使匈奴，会更始败，留居朔方，为人所杀。③"孟公""醉后"二句：《汉书·陈遵传》："遵耆酒，每大饮，宾客满堂，辄关门，取客车辖投井中，虽有急，终不得去。"④"不妨"句：《汉书·陈遵传》："初，遵为河南太守，而弟级为荆州牧，当之官，俱过长安富人故淮阳王外家左氏饮食作乐。后司直陈崇闻之，劾奏'遵兄弟……过寡妇左阿君置酒歌讴'。"⑤"百谪"句：《汉书·陈遵传》："又日出醉归，曹事数废。西曹以故事適（通谪）之，侍曹辄诣寺舍白遵曰：'陈卿今日以某事適。'遵曰：'满百乃相闻。'"⑥ 载酒从陋巷：《汉书·扬雄传》："家素贫，耆酒。人希至其门。时有好事者，载酒肴，从游学。"⑦"为爱"句：《汉书·陈遵传》："先是黄门郎扬雄作酒箴以讽谏成帝，其文为酒客难法度士，譬之于物，曰：'子犹瓶矣。观瓶之居，居井之眉……'遵大喜之。"⑧ 千金寿：

《史记·鲁仲连传》:“平原君乃置酒……以千金为鲁连寿。”⑨陈惊坐:《汉书·陈遵传》:“时列侯有与遵同姓字者,每至人门,曰陈孟公,坐中莫不震动,既至而非,因号其人曰陈惊坐云。”

武昌铜剑歌〔一〕

供奉官郑文,尝官于武昌。江岸裂,出古铜剑。文得之以遗余。冶铸精巧,非锻冶所成者。

雨余江清风卷纱,雷公蹑云捕黄蛇。

蛇行空中如狂矢,电光煜煜烧蛇尾。

或投以块铿有声,雷飞上天蛇入水。

水上青山如削铁,神物欲出山自裂。

细看两胁生碧花,犹是西江老蛟血。

苏子得之何所为,蒯缑[①]弹铗咏新诗。

君不见,凌烟功臣长九尺,腰间玉具[②]高拄颐[③]。

〔一〕并引。

①蒯(kuǎi)缑:用草绳缠结剑柄。②玉具:剑鼻和剑镡用白玉制成的剑。③拄颐:顶到面颊。形容剑长。

石芝〔一〕

元丰三年五月十一日癸酉夜,梦游何人家。开堂西门,有小园古井,井上皆苍石,石上生紫藤如龙蛇,枝叶如赤箭。

主人言，此石芝也。余率尔折食一枝，众皆惊笑。其味如鸡苏[①]而甘。明日，作此诗。

空堂明月清且新，幽人睡息来初匀。
了然非梦亦非觉，有人夜呼祁孔宾[②]。
披衣相从到何许，朱栏碧井开琼户。
忽惊石上堆龙蛇，玉芝紫笋生无数。
锵然敲折青珊瑚[③]，味如蜜藕和鸡苏。
主人相顾一抚掌，满堂坐客皆卢胡。
亦知洞府嘲轻脱，终胜嵇康羡王烈。
神山一合五百年，风吹石髓坚如铁[④]。

〔一〕并引。

① 鸡苏：即水苏，其叶辛香，可以烹鸡，故名。②“有人”句：典出《晋书·祈嘉传》：“祈嘉字孔宾……夜忽窗中有声呼曰：‘祈孔宾，祈孔宾！隐去来，隐去来！’” ③ 敲折青珊瑚：《世说新语·汰侈》：“（王）恺以（珊瑚树）示崇。崇视讫，以铁如意击之，应手而碎。” ④“风吹”句：《晋书·嵇康传》：“康又遇王烈，共入山，烈尝得石髓如饴，即自服半，余半与康，皆凝而为石。”

与子由同游寒溪西山

散人出入无町畦[①]，朝游湖北暮淮西。
高安酒官[②]虽未上，两脚垂欲穿尘泥。
与君聚散若云雨，共惜此日相提携。
千摇万兀到樊口，一箭放溜[③]先凫鹥。
层层草木暗西岭，浏浏霜雪鸣寒溪。

空山古寺亦何有，归路万顷青玻璃。

我今漂泊等鸿雁，江南江北无常栖。

幅巾不拟过城市，欲踏径路开新蹊〔一〕。

却忧别后不忍到，见子行迹空余凄。

吾侪流落岂天意，自坐迂阔非人挤。

行逢山水辄羞叹，此去未免勤盐齑④。

何当一遇李八百⑤，相哀白发分刀圭⑥。

〔一〕公自注：路有直入寒溪不过武昌者。

① 町（tīng）畦：规矩，约束。② 高安酒官：指苏辙，时监筠州盐酒税。高安，筠州州治所在。③ 放溜：任船顺流自行。④ 盐齑（jī）：切碎后腌渍的菜，喻指生活清苦。⑤ 李八百：道教传说的仙人名。⑥ 刀圭：中药的量器名，此指药。

五禽言〔一〕

梅圣俞尝作《四禽言》。余谪黄州，寓居定惠院。绕舍皆茂林修竹，荒池蒲苇。春夏之交，鸣鸟百族，土人多以其声之似者名之。遂用圣俞体作《五禽言》。

使君向蕲州，更唱蕲州鬼①。

我不识使君，宁知使君死。

人生作鬼会不免，使君已老知何晚〔二〕。

〔一〕并引。　〔二〕公自注：王元之自黄移蕲州，闻啼鸟。问其名，或对曰：此名蕲州鬼。元之恶之，果卒于蕲。

① 蕲（qí）州鬼：鸟名。

南山昨夜雨，西溪不可渡。
溪边布谷儿，劝我脱破裤。
不辞脱袴溪水寒，水中照见催租瘢〔一〕①。

〔一〕公自注：土人谓布谷为“脱却破袴”。

①催租瘢：指被逼租时受拷打而留下的伤瘢。

去年麦不熟，挟弹规①我肉。
今年麦上场，处处有残粟。
丰年无象②何处寻，听取林间快活吟〔一〕。

〔一〕公自注：此鸟声云：“麦饭熟，即快活。”

①规：谋取。②丰年无象：丰收年的气氛。无象，看不到。

力作力作，蚕丝一百箔①。
垄上麦头昂，林间桑子落。
愿侬一箔千两丝，缫丝②得蛹饲尔雏〔一〕。

〔一〕公自注：此鸟声云：“蚕丝一百箔。”

①箔：养蚕的器具，多用竹制成。②缫（sāo）丝：抽茧出丝。

姑恶姑恶，姑①不恶，妾命薄。
君不见，东海孝妇死作三年干②，不如广汉庞姑去却还〔一〕③。

〔一〕公自注：姑恶，水鸟也。俗云妇以姑虐死，故其声云。

①姑：婆婆。②“东海”句：《汉书·于定国传》，载东海孝妇养姑甚谨，其后姑自经死，姑女告吏：“妇杀我母。”太守竟论杀孝

妇。郡中枯旱三年。③“广汉”句：此用《后汉书·姜诗妻传》载广汉姜诗妻者，同郡庞盛之女也。诗事母至孝事。

铁拄杖〔一〕

柳真龄，字安期，闽人也。家宝一铁拄杖，如椰栗木，牙节[①]宛转天成，中空有簧，行辄微响。柳云得之浙中，相传王审知以遗钱镠，镠以赐一僧。柳偶得之，以遗余。作此诗谢之。

柳公手中黑蛇滑，千年老根生乳节。

忽闻铿然爪甲声，四座惊顾知是铁。

含簧腹中细泉语，迸火石上飞星裂。

公言此物老有神，自昔闽王饷吴越。

不知流落几人手，坐看变灭如春雪。

忽然赠我意安在，两脚未许甘衰歇。

便寻辙迹访崆峒，径渡洞庭探禹穴。

披榛觅药采芝菌，刺虎鏦[②]蛟擉[③]蛇蝎。

会教化作两钱锥[④]，归来见公未华发。

问我铁君无恙否，取出摩挲向公说。

〔一〕并引。

①牙节：丫叉和木节。②鏦（cōng）：用矛刺杀。③擉（chuò）：戳，刺。④两钱锥：汉刘向《说苑·杂言》：“干将镆铘，拂钟不铮，扬刃离金斩羽契铁斧，此至利也，然以之补履，曾不如两钱之锥。”

四时词

春云阴阴雪欲落，东风和冷惊帘幕。
渐看远水绿生漪，未放小桃红入萼。
佳人瘦尽雪肤肌，眉敛春愁知为谁。
深院无人剪刀响，应将白纻作春衣。

垂柳阴阴日初永，蔗浆酪粉金盘冷。
帘额低垂紫燕忙，蜜脾[1]已满黄蜂静。
高楼睡起翠眉嚬[2]，枕破斜红[3]未肯匀。
玉腕半揎[4]云碧袖，楼前知有断肠人。

①蜜脾：蜜蜂营造的酿蜜的房，其形如脾，故称。②嚬（pín）：皱眉。③斜红：一种以红色涂饰的妆容。④揎（xuān）：捋袖露臂。

新愁旧恨眉生绿，粉汗余香在蕲竹[1]。
象床素手熨寒衣，烁烁风灯动华屋。
夜香烧罢掩重扃，香雾空蒙月满庭。
抱琴转轴无人见，门外空闻裂帛声。

①蕲竹：湖北蕲春所产的竹，此指竹簟。

霜叶萧萧鸣屋角，黄昏陡觉罗衾薄。
夜风摇动镇帷犀[1]，酒醒梦回闻雪落。
起来呵手画双鸦，醉脸轻匀衬眼霞。
真态生香谁画得，玉奴纤手嗅梅花。

①镇帷犀：挂在帷帐四角防止牵动的犀角。

二虫

君不见，水马儿[1]，步步逆流水。

大江东流日千里，此虫趯趯[2]长在此。

君不见，鷃滥堆[3]，决起随冲风。

随风一去宿何许，逆风还落蓬蒿中。

二虫愚知俱莫测，江边一笑无人识。

① 水马儿：水虫名。② 趯（tì）趯：跳跃、跳动的样子。③ 鷃（yàn）滥堆：即鷃雀。

徐使君分新火[1]

临皋亭中一危坐，三见清明改新火。

沟中枯木应笑人，钻斫不然谁似我。

黄州使君怜久病，分我五更红一朵。

从来破釜跃江鱼[2]，只有清诗嘲饭颗。

起携蜡炬绕空屋，欲事煎烹无一可。

为公分作无尽灯，照破十方昏暗锁。

① 新火：古代钻木取火，四季各用不同的木材。至唐宋，清明前一日禁火寒食，到清明节再改新火，赐百官。② 破釜跃江鱼：比喻生活贫困。《后汉书·范冉传》：“范冉字史云……桓帝时以冉为莱芜长……所止单陋，有时粮粒尽……闾里歌之曰：‘甑中生尘范史云，釜中生鱼范莱芜。’”

蜜酒歌〔一〕

西蜀道人杨世昌，善作蜜酒，绝醇酽[①]。余既得其方，作此歌以遗之。

真珠为浆玉为醴，六月田夫汗流泚。
不如春瓮自生香，蜂为耕耘花作米。
一日小沸鱼吐沫，二日眩转清光活。
三日开瓮香满城，快泻银瓶不须拨[②]。
百钱一斗浓无声，甘露微浊醍醐清。
君不见，南园采花蜂似雨，天教酿酒醉先生。
先生年来穷到骨，问人乞米何曾得。
世间万事真悠悠，蜜蜂大胜监河侯。

〔一〕并引。

① 醇酽（yàn）：酒味浓厚。② 拨：过滤。

又一首答二犹子[①]与王郎[②]见和

脯青苔，炙青蒲。
烂蒸鹅鸭乃瓠壶，煮豆作乳脂为酥。
高烧油烛斟蜜酒，贫家百物初何有。
古来百巧出穷人，搜罗假合[③]乱天真。
诗书与我为曲蘖[④]，酝酿老夫成搢绅。
质非文是终难久，脱冠还作扶犁叟。
不如蜜酒无燠[⑤]寒，冬不加甜夏不酸。

老夫作诗殊少味，爱此三篇如酒美。
封胡羯末已可怜，不知更有王郎子⑥。

① 二犹子：指苏辙子苏迟、苏适。② 王郎：指苏辙女婿王适。③ 假合：聊为凑合。④ 曲糵（niè）：酒曲。⑤ 燠（yù）：温暖。⑥“封胡”“不知”二句：《晋书·王凝之妻谢氏》：“初适凝之，还，甚不乐。安曰：‘王郎，逸少子，不恶，汝何恨也？’答曰：‘……群从兄弟复有封胡羯末，不意天壤之中乃有王郎！’封谓谢韶，胡谓谢朗，羯谓谢玄，末谓谢川，皆小字也。”

次韵孔毅父集古人句见赠五首

羡君戏集他人诗，指呼市人如使儿。
天边鸿鹄不易得，便令作对随家鸡。
退之惊笑子美泣，问君久假何时归。
世间好句世人共，明月自满千家墀。

紫驼之峰人莫识，杂以鸡豚真可惜。
今君坐致五侯鲭①，尽是猩唇与熊白。
路旁拾得半段枪②，何必开炉铸矛戟。
用之如何在我耳，入手当令君丧魄。

① 五侯鲭（zhēng）：《西京杂记》卷二：“五侯不相能，宾客不得来往。娄护丰辩，传食五侯间，各得其欢心，竞致奇膳。护乃合以为鲭，世称‘五侯鲭’，以为奇味焉。”五侯，汉成帝母舅王谭、王商、王立、王根、王逢时同日封侯，时称“五侯”。鲭，肉和鱼同烧的佳肴。② 半段枪：《旧唐书·哥舒翰传》：“后吐蕃寇边，

翰拒之于苦拔海，其众三行，从山差池而下，翰持半段枪当其锋击之，三行皆败，无不摧靡，由是知名。”

天下几人学杜甫，谁得其皮与其骨。
划[1]如太华当我前，跛牂[2]欲上惊崷崒[3]。
名章俊语纷交衡，无人巧会当时情。
前生子美只君是，信手拈得俱天成。

① 划：忽然。② 跛牂（zāng）：跛足的母羊。③ 崷（qiú）崒（zú）：高峻。

诗人雕刻闲草木，搜抉肝肾神应哭。
不如默诵千万首，左抽右取谈笑足。
夜吟石鼎声悲秋，可怜好事刘与侯。
何当一醉百不问，我欲眠矣君归休。

膏明兰臭俱自焚，象牙翠羽戕其身。
多言自古为数穷，微中有时堪解纷。
痴人但数羊羔儿，不知何者是左慈。
千章万句卒非我，急走捉君应已迟。

上巳日，与二三子携酒出游，随所见辄作数句，明日集之为诗，故词无伦次

薄云霏霏不成雨，杖藜晓入千花坞。
柯丘海棠吾有诗，独笑深林谁敢侮。

三杯卯酒[1]人径醉，一枕春睡日亭午[2]。
竹间老人不读书，留我闭门谁教汝[3]。
出檐枳[4]十围大，写真素壁千蛟舞。
东坡作塘今几尺，携酒一劳农工苦。
却寻流水出东门，坏垣古堑花无主。
卧开桃李为谁妍，对立鸡鹊相媚妩。
开樽藉草劝行路，不惜春衫污泥土。
褰裳共过春草亭，扣门却入韩家圃。
辘轳绳断井深碧，秋千索挂人何所。
映帘空复小桃枝，乞浆不见应门女。
南山古台临断岸，雪阵翻空迷仰俯。
故人馈我玉叶羹，火冷烟消谁为煮。
崎岖束缊[5]下荒径，娅姹隔花闻好语。
更随落景尽余樽，却傍孤城得僧宇。
主人劝我洗足眠，倒床不复闻钟鼓。
明朝门外泥一尺，始悟三更雨如许。
平生所向无一遂，兹游何事天不阻。
固知我友不终穷，岂弟[6]君子神所予。

①卯酒：早晨喝的酒。②亭午：正午。③“竹间”“留我”二句：《世说新语·简傲》：“王子猷尝行过吴中，见一士大夫家极有好竹，主已知子猷当行，乃洒扫施设……肩舆径造竹下，讽啸良久。主已失望，犹冀还当通，遂直欲出门。主人大不堪，便令左右闭门，不听出。王更以此赏主人，乃留坐，尽欢而去。”④枳（zhǐ）：一种橘树。⑤束缊（yùn）：捆扎乱麻为火把。⑥岂弟（kǎi tì）句：《诗经·大雅·旱麓》：“岂弟君子，神所劳矣。”岂弟，和乐平易。

次韵孔毅父久旱已而甚雨三首

饥人一梦饭甑溢，梦中一饱百忧失。
只知梦饱本来空，未悟真饥定何物。
我生无田食破砚，尔来砚枯磨不出。
去年太岁空在酉，傍舍壶浆不容乞。
今年旱势复如此，岁晚何以黔吾突[①]。
青天荡荡呼不闻，况欲稽首号泥佛。
瓮中蜥蜴尤可笑，跂跂脉脉何等秩。
阴阳有时雨有数，民是天民天自恤。
我虽穷苦不如人，要亦自是民之一。
形容虽是丧家狗，未肯弭耳[②]争投骨。
倒冠落帻谢朋友，独与蚊雷共圭荜[③]。
故人嗔我不开门，君视我门谁肯屈。
可怜明月如泼水，夜半清光翻我室。
风从南来非雨候，且为疲人洗蒸郁[④]。
褰裳一和快哉谣，未暇饥寒念明日〔一〕。

〔一〕此章专咏久旱。

① 黔（qián）吾突：黔突，烟囱熏黑。② 弭耳：犹帖耳，动物搏杀前敛抑的样子。③ 圭荜（bì）：筚门，柴门。指寒微的住处。圭，窦，小门户，上锐下方，状如圭。④ 蒸郁：闷热。

去年东坡拾瓦砾，自种黄桑三百尺。
今年刈草[①]盖雪堂，日炙风吹面如墨。
平生懒惰今始悔，老大勤农天所直。
沛然例赐三尺雨，造化无心恍难测。
四方上下同一云，甘霔[②]不为龙所隔〔一〕。

蓬蒿下湿迎晓来，灯火新凉催夜织。

老夫作罢得甘寝，卧听墙东人响屐。

奔流未已坑谷平，折苇枯荷恣漂溺。

腐儒粗粝支百年，力耕不受众目怜。

破陂漏水不耐旱，人力未至求天全。

会当作塘径千步，横断西北遮山泉。

四邻相率助举杵，人人知我囊无钱。

明年共看决渠雨，饥饱在我宁关天。

谁能伴我田间饮，醉倒惟有支头砖〔二〕。

〔一〕公自注：俗有分龙日。　〔二〕此章前半喜已得雨，后半将谋作塘。

① 刈（yì）草：割草。② 霪（yín）：久雨。

天公号令不再出，十日愁霖并为一。

君家有田水冒田，我家无田忧入室。

不如西州杨道士，万里随身惟两膝。

沿流不恶溯亦佳，一叶扁舟任飘突。

山芎麦曲①都不用，泥行露宿终无疾。

夜来饥肠如转雷，旅愁非酒不可开。

杨生自言识音律，洞箫入手清且哀。

不须更待秋井塌，见人白骨方衔杯〔一〕。

〔一〕此章咏甚雨而及杨道士。　○施注：先生为杨道士书一帖云："仆谪居黄冈，绵竹武都山道士杨世昌子京自庐山来过余。其人善画山水，能鼓琴。"又一帖云："十月十五日夜，与杨道士泛舟赤壁，饮醉。夜半，有一鹤自江南来，翅如车轮，嘎然长鸣，掠余舟而西，不知其为何祥也。"按，次毅父韵第三首载西州杨道士凡数联，因此帖知为世昌。诗中又言善吹洞箫，其自庐山从公，盖壬戌之夏《前赤壁赋》云"客有吹洞箫者"，殆是杨也。

①山芎（xiōng）麦曲：山芎，中药名。麦曲，酒曲。

孔毅父以诗戒饮酒，问买田，且乞墨竹，次其韵

酒中真复有何好，孟生虽贤未闻道[1]。
醉时万虑一扫空，醒后纷纷如宿草。
十年揩洗见真妄，石女无儿焦谷槁。
此身何异贮酒瓶，满辄予人空自倒。
武昌痛饮岂吾意，性不违人遭客恼。
君家长松十亩阴，借我一庵聊洗心。
我田方寸耕不尽，何用百顷糜千金。
枕书熟睡呼不起，好学怜君工杂拟。
且将墨竹换新诗，润色何须待东里。

①“孟生”句：东晋孟嘉嗜酒，《晋书·孟嘉传》：“（桓）温问嘉：‘酒有何好，而卿嗜之？’嘉曰：‘公未得酒中趣耳。’”未闻道，（桓温）不知饮酒中趣。

任师中挽辞

大任刚烈世无有，疾恶如风朱伯厚[1]。
小任温毅老更文，聪明慈爱小冯君[2]。
两任才行不须说，畴昔并友吾先人。
相看半作晨星没，可怜太白与残月。

大任先去冢未干，小任相继呼不还。

强寄一樽生死别，樽中有泪酒应酸。

贵贱贤愚同尽耳，君家不尽缘贤子。

人间得丧了无凭，只有天公终可倚。

① 朱伯厚：名朱震，字伯厚，汉桓帝时为州从事，劾济阴太守单匡赃罪，并连其兄中常侍单超。② 小冯君：指汉冯立，冯奉世子，冯野王弟。兄弟二人相继为太守，惠民德政，百姓歌之曰："大冯君，小冯君，兄弟继踵相因循。聪明贤知惠吏民，政如鲁卫德化钧，周公康叔犹二君。"见《汉书·冯奉世传》。

和蔡景繁海州石室〔一〕

芙蓉仙人旧游处〔二〕，苍藤翠壁初无路。

戏将桃核裹黄泥，石间散掷如风雨。

坐令空山作锦绣，倚天照海花无数。

花间石室可容车，流苏宝盖窥灵宇。

何年霹雳起神物，玉棺飞出王乔墓。

当时醉卧动千日，至今石缝余糟醑①。

山人一去五十年，花老石空谁作主。

手植数松今偃盖，苍髯白甲低琼户〔三〕。

我来取酒酹先生，后车仍载胡琴女。

一声冰铁②散岩谷，海为澜翻松为舞〔四〕。

尔来心赏复何人，持节中郎醉无伍。

独临断岸呼出日，红波碧巘相吞吐。

径寻我语觅余声，拄杖彭铿叩铜鼓。

长篇小字远相寄，一唱三叹神凄楚。

江风海雨入牙颊，似听石室胡琴语〔五〕。

我今老病不出门，海山岩洞知何许。

门外桃花自开落，床头酒瓮生尘土。

前年开阁放柳枝，今年洗心参佛祖。

梦中旧事时一笑，坐觉俯仰成今古。

愿君不用刻此诗，东海桑田真旦暮。

〔一〕施注：蔡景繁，名承禧。东坡在黄，有《答景繁帖》云："朐山临海石室，信如所谕。前某尝携家一游，时有胡琴婢，就室中作《濩索》《凉州》，凛然有冰车铁马之声。婢去久矣，因公复起一念，若果游此，必有新篇，当破戒奉和也。"又云："海上奇观，恨不与公同游，大篇或可追赋。"景繁往游，既赋诗，坡为属和。前所述，皆指石曼卿，"后车胡琴"云云，皆帖中语意。又"前年开阁"云云，即所谓"婢去久矣，因公复起一念"，用此帖为证，而诗乃粲然。"因公复起一念"，实用陈鸿《长恨传》，杨妃语也。　〔二〕公自注：石曼卿也。　〔三〕以上叙石曼卿种桃。〔四〕以上公自叙尝携家一游，有婢弹胡琴。　〔五〕以上因蔡寄诗，复念及胡琴婢。

① 醑（xǔ）：美酒。② 冰铁：形容琴声清冽铿锵。

和秦太虚梅花

西湖处士①骨应槁，只有此诗君压倒。

东坡先生心已灰，为爱君诗被花恼。

多情立马待黄昏，残雪消迟月出蚤②。

江头千树春欲暗，竹外一枝斜更好。

孤山山下醉眠处，点缀裙腰③纷不扫。

万里春随逐客来，十年花送佳人老。
去年花开我已病，今年对花还草草。
不知风雨卷春归，收拾余香还畀昊[4]。

① 西湖处士：指林逋（967—1028），字君复，钱塘（今浙江杭州）人。隐于孤山，种梅养鹤以自娱，人称“梅妻鹤子”。② 蚤（zǎo）：通“早”。③ 裙腰：比喻狭长的小路。④ 畀（bì）：给予。

再和潜师

化工未议苏群槁，先同寒梅一倾倒。
江南无雪春瘴生，为散冰花除热恼。
风清月落无人见，洗妆自趁霜钟蚤。
惟有飞来双白鹭，玉羽琼枝斗清好。
吴山道人心似水，眼净尘空无可扫。
故将妙语寄多情，横机欲试东坡老。
东坡习气除未尽，时复长篇书小草。
且撼长条飧[4]落英，忍饥未拟穷呼昊。

生日王郎以诗见庆次其韵并寄茶二十一片

折杨新曲万人趋，独和先生于芳于[1]。
但信椟藏终自售，岂知碗脱本无模。

揭[2]从冰叟[3]来游宦，肯伴臞[4]仙亦号儒。

棠棣[5]并为天下士，芙蓉曾到海边郛。

不嫌雾谷霾松柏，终恐虹梁荷栋桴。

高论无穷如锯屑[6]，小诗有味似连珠[7]。

感君生日遥称寿，祝我余年老不枯。

未办报君青玉案，建溪新饼截云腴[8]。

① 于蒍（wěi）于：歌名。《新唐书·元德秀传》："德秀惟乐工数十人，联袂歌《于蒍于》。《于蒍于》者，德秀所为歌也。"② 揭（qiè）：去。③ 冰叟：指岳父。④ 臞（qú）：清瘦。⑤ 棠棣（dì）：喻兄弟。⑥"高论"句：《晋书·胡毋辅之传》："（王）澄尝与人书曰：'彦国（胡毋辅之字）吐佳言如锯木屑，霏霏不绝。'"⑦ 连珠：文体名，借譬喻委婉表达其意，历历如贯珠，故名。⑧ 云腴：茶的别称。

过江夜行武昌山上，闻黄州鼓角[1]

清风弄水月衔山，幽人夜渡吴王岘。

黄州鼓角亦多情，送我南来不辞远。

江南又闻出塞曲，半杂江声作悲健。

谁言万方声一概，鼍愤龙愁为余变。

我记江边枯柳树，未死相逢真识面。

他年一叶[2]溯江来，还吹此曲相迎饯。

① 鼓角：军中乐器，有鼓有号角。② 一叶：此指小船。

自兴国往筠，宿石田驿南廿五里野人舍

溪上青山三百叠，快马轻衫来一抹。
倚山修竹有人家，横道清泉知我渴。
芒鞋竹杖自轻软，蒲荐松床亦香滑。
夜深风露满中庭，惟有孤萤自开阖。

将至筠先寄迟、适、远三犹子[1]

露宿风飧六百里，明朝饮马南江水。
未见丰盈犀角[2]儿，先逢玉雪王郎子[3]。
对床欲作连夜语，念汝还须戴星起。
夜来梦见小於菟[4]，犹是髧[5]髦垂两耳。
忆过济南春未动，三子出迎残雪里。
我时移守古河东，酒肉淋漓浑舍喜。
而今憔悴一羸马，逆旅担夫相汝尔。
出城见我定惊嗟，身健穷愁不须耻。
我为乃翁留十日，掣电一欢何足恃。
惟当火急作新诗，一醉两翁胜酒美。

① 犹子：兄弟的儿子，此指迟、适、远，三人皆苏辙子。② 犀角：额上发际隆起之骨。③ 王郎子：指苏辙女婿王子立。④ 於菟（wū tū）：古代楚人称虎。此指远，小名虎儿。⑤ 髧（dàn）：头发下垂着的。

别子由三首兼别迟

知君念我欲别难，我今此别非他日。
风里杨花虽未定，雨中荷叶终不湿。
三年磨我费百书，一见何止得双璧。
愿君亦莫叹留滞，六十小劫风雨疾。

先君昔爱洛城居，我今亦过嵩山麓。
水南卜宅吾岂敢，试向伊川买修竹。
又闻缑山好泉眼，傍市穿林泻冰玉。
遥想茅轩照水开，两翁相对清如鹄。

两翁归隐非难事，惟要传家好儿子。
忆昔汝翁如汝长，笔头一落三千字。
世人闻此皆大笑，慎勿生儿两翁似。
不知樗栎[1]荐明堂，何似盐车[2]压千里。

① 樗栎（chū lì）：指不成材的树。比喻才能低下。见《庄子·逍遥游》："吾有大树，人谓之樗。……立之途，匠者不顾。"《庄子·人间世》："匠石之齐……见栎社树……是不材之木也。"
② 盐车：骥服盐车。比喻贤才埋没受屈。

郭祥正家醉画竹石壁上，郭作诗为谢，且遗二古铜剑

空肠得酒芒角[1]出，肝肺槎牙[2]生竹石。
森然欲作不可回，吐向君家雪色壁。

平生好诗仍好画，书墙涴[3]壁长遭骂。

不瞋不骂喜有余，世间谁复如君者。

一双铜剑秋水光，两首新诗争剑铓[4]。

剑在床头诗在手，不知谁作蛟龙吼。

① 芒角：棱角。② 槎牙：错落不齐之状。③ 涴（wò）：污染。④ 剑铓（máng）：剑的尖端。

龙尾砚[1]歌[一]

余旧作《凤咮[2]石砚铭》，其略云："苏子一见名凤咮，坐令龙尾羞牛后。"已而求砚于歙，歙人云："子自有凤咮，何以此为？"盖不能平也。奉议郎方君彦德，有龙尾大砚，奇甚，谓余若能作诗少解前语者，当奉饷。乃作此诗。

黄琮[3]白琥[4]天不惜，顾恐贪夫死怀璧。

君看龙尾岂石材，玉德金声寓于石。

与天作石来几时，与人作砚初不辞。

诗成鲍谢石何与，笔落钟王[5]砚不知。

锦茵玉匣俱尘垢，捣练支床[6]亦何有。

况瞋苏子凤咮铭，戏语相嘲作牛后。

碧天照水风吹云，明窗大几清无尘。

我生天地一闲物，苏子亦是支离[7]人。

粗言细语都不择，春蚓秋蛇随意画。

愿从苏子老东坡，仁者不用生分别。

〔一〕并引。

① 龙尾砚：以龙尾石制成的砚，产婺源（今属江西）。② 凤味（zhòu）：凤嘴。③ 黄琮（cóng）：黄色的瑞玉。④ 白琥：雕成虎形的白玉。⑤ 钟王：王羲之与三国魏书法家钟繇的并称。⑥ 捣练支床：谓以砚为捣练之砧、支床脚之石。⑦ 支离：谓残缺、不中用。

张近几仲有龙尾子石砚，以铜剑易之

我家铜剑如赤蛇，君家石砚苍璧椭而洼。

君持我剑向何许，大明宫里玉佩鸣冲牙[1]。

我得君砚亦安用，雪堂窗下尔雅笺虫虾[2]。

二物与人初不异，飘落高下随风花。

蒯缑玉具皆外物，视草草玄无等差。

君不见，秦赵城易璧，指图睨[3]柱相矜夸。

又不见，二生妾换马，骄鸣啜泣思其家。

不如无情两相与，永以为好譬之桃李与琼华。

○此等为后世恶诗所藉口，最不宜学。

① 冲牙：佩玉部件之一种。② 虫虾：犹虫鱼。指考据、训诂之学。③ 睨（nì）：相如持其璧睨柱，欲以击柱。睨，斜视。

张作诗送砚返剑，乃和其诗，卒以剑归之

赠君长铗君当歌，每食无鱼叹委蛇。

一朝得见暴公子，櫑具[1]欲与冠争峨。

岂比杜陵贫病叟，终日长镵[2]随短蓑。

斩蛟刺虎老无力，带牛佩犊吏所诃[③]。
故将换砚岂无意，恐君雕琢伤天和。
作诗返剑亦何谓，知君欲以诗相磨。
报章[④]苦恨无好语，试向君砚求余波。
诗成剑往砚应笑，那将屋漏供悬河。

① 櫑（léi）具：剑柄镶有蓓蕾形玉饰之长剑。② 长镵（chán）：掘田农具。③“带牛”句：《汉书·龚遂传》：“民有带持刀剑者，使卖剑买牛，卖刀买犊，曰：‘何为带牛佩犊？’”④ 报章：以诗文作酬答。

眉子石砚歌赠胡訚

君不见，成都画手开十眉，横云却月[①]争新奇。
游人指点小嚬处，中有渔阳胡马嘶。
又不见，王孙青琐[②]横双碧[③]，肠断浮空远山[④]色。
书生性命何足论，坐费千金买消渴[⑤]。
尔来丧乱愁天公，谪向君家书砚中。
小窗虚幌相妩媚，令君晓梦生春红。
毗耶居士[⑥]谈空处，结习已空花不住。
试教天女为磨铅[⑦]，千偈[⑧]澜翻无一语。

① 横云却月：唐代女性眉型。唐张泌《妆楼记》：“明皇幸蜀，令画工作十眉图，横云、却月皆其名。”② 青琐：刻镂成格的窗户。③ 双碧：谓双眉。④ 远山：形容女子秀丽之眉。⑤ 消渴：指糖尿病。《史记·司马相如列传》：“相如口吃而善著书，常有消渴疾。”⑥ 毗耶居士：即维摩诘。⑦ 磨铅：磨研铅粉涂抹误字，代指勤于校订或撰述。⑧ 偈（jì）：佛教语。僧人唱颂的歌诗或佛经中的唱词。

送沈逵赴广南

嗟我与君皆丙子，四十九年穷不死。
君随幕府战西羌，夜渡冰河斫云垒。
飞尘涨天箭洒甲，归对妻孥真梦耳。
我谪黄冈四五年，孤舟出没烟波里。
故人不复通问讯，疾病饥寒疑死矣。
相逢握手一大笑，白发苍颜略相似。
我方北渡脱重江，君复南行轻万里。
功名如幻何足计，学道有牙真可喜。
勾漏丹砂[①]已付君，汝阳瓮盎吾何耻。
君归趁我鸡黍约[②]，买田筑室从今始。

① 勾漏丹砂：勾漏，山名，在今广西北流县东北。丹砂，古代道士炼丹的重要原料。《晋书·葛洪传》:“以年老，欲炼丹以祈遐寿，闻交阯出丹，求为勾漏令……帝从之。” ② 鸡黍约：指友朋真诚相待、守信的聚会。《太平御览》引谢承《后汉书》:“范式字巨卿，与汝南张元伯为友。二人春别京师，以暮秋为期。元伯以九月十五日杀鸡以待。巨卿母曰：‘相去千里，汝何信之也?’言未卒而巨卿至。”

豆粥

君不见，虖沱[①]流澌[②]车折轴，公孙仓黄奉豆粥[③]。
湿薪破灶自燎衣，饥寒顿解刘文叔[④]。
又不见，金谷敲冰草木春，帐下烹煎皆美人。

萍齑豆粥不传法，咄嗟而办石季伦[5]。
干戈未解身如寄，声色相缠心已醉。
身心颠倒自不知，更识人间有真味。
岂如江头千顷雪色芦，茅檐出没晨烟孤。
地碓[6]舂粳光似玉，沙瓶煮豆软如酥。
我老此身无着处，卖书来问东家住。
卧听鸡鸣粥熟时，蓬头曳履君家去。

①虖（hū）沱：即滹沱河，在河北省西部。②流澌：江河解冻时冰块流动。③“公孙”句：光武帝刘秀昼夜奔驰至饶阳（今河北）天气寒冷，人饥马乏，冯异（字公孙）送上豆粥。刘秀说：“昨得公孙豆粥，饥寒俱解”。见《后汉书·冯异传》。④刘文叔，光武帝刘秀字文叔。⑤“咄嗟”句：《世说新语·汰侈》:“石崇（字季伦）为客作豆粥，咄嗟便办。咄嗟，一呼一诺之间，指迅速。⑥地碓（duì）：舂米用具。

秦少游梦发殡而葬之者，云是刘发之柩，是岁发首荐[1]，秦以诗贺之，刘泾亦作，因次其韵

君看三代士执雉，本以杀身为小补。
居官死职战死绥[2]，梦尸得官[3]真古语。
五行胜己斯为官，官如草木吾如土。
仕而未禄犹宾客，待以纯臣盖非古。
馈焉曰献称寡君，岂比公卿相尔汝。
世衰道微士失已，得丧悲欢反其故。
草袍芦箠相妩媚，饮食嬉游事群聚。

曲江船舫月灯球，是谓舞殡而歌墓。
看花走马到东野，余子纷纷何足数。
二生年少两豪逸，诗酒不知轩冕苦。
故令将仕梦发棺，劝子勿为官所腐。
涂车刍灵皆假设，着眼细看君勿误。
时来聊复一飞鸣，进隐不须烦伍举。

①首荐：在乡试中考取第一。②绥：临阵退军。③梦尸得官：《世说新语·文学》："人有问殷中军：'何以将得位而梦棺器……？'殷曰：'官本是臭腐，所以将得而梦棺尸。'"

龟山辩才师

此生念念[①]浮云改，寄语长淮今好在。
故人宴坐[②]虹梁南，新河巧出龟山背。
木鱼呼客振林莽，铁凤[③]横空飞彩绘。
忽惊堂宇变雄深，坐觉风雷生謦欬。
羡师游戏浮沤间，笑我荣枯弹指内。
尝茶看画亦不恶，问法求诗了无碍。
千里孤帆又独来，五年一梦谁相对。
何当来世结香火，永与名山躬井硙[④]。

①念念：犹刹那。②宴坐：静坐。③铁凤：屋脊上的一种铁制装饰物，形如凤凰。④井硙（wèi）：井臼。

赠潘谷[1]

潘郎晓踏河阳春[2]，明珠白璧惊市人。
那知望拜马蹄下，胸中一斛泥与尘。
何似墨潘穿破褐，琅琅翠饼敲玄笏[3]。
布衫漆黑手如龟，未害冰壶贮秋月。
世人重耳轻目前，区区张李[4]争媸妍。
一朝入海寻李白，空看人间画墨仙。

①潘谷：伊洛间墨师。②“潘郎”句：《白氏六帖》：“潘岳为河阳令，种桃李花，人号曰‘河阳一县花’。”此处以潘谷比潘岳。③翠饼、玄笏：均为墨块。④张李：张遇、李庭珪，均为五代制墨名家。

蒜山松林中可卜居，余欲僦[1]其地，地属金山，故作此诗与金山元长老

魏王大瓠无人识，种成何翅实五石。
不辞破作两大尊，只忧水浅江湖窄[2]。
我材濩落[3]本无用，虚名惊世终何益。
东方先生好自誉，伯夷子路并为一。
杜陵布衣老且愚，信口自比契与稷。
暮年欲学柳下惠，嗜好酸咸不相入。
金山也是不羁人，蚤岁闻名晚相得。
我醉而嬉欲仙去，旁人笑倒山谓实。
问我此生何所归，笑指浮休[4]百年宅。
蒜山幸有闲田地，招此无家一房客。

①僦（jiù）：租。②“魏王”“种成”“不辞”“只忧”四句：用《庄子·逍遥游》庄子建议惠子以大瓠为大樽浮江湖之典。何翅，即何啻，何止。③濩（huò）落：即瓠落，沦落失意。④浮休：《庄子·刻意》：“其生若浮，其死若休。”谓人生短暂或世情无常。

蔡景繁官舍小阁

使君不独东南美，典刑[①]尚记先君子[②]。

戏嘲王叟短辕车[③]，肯为徐郎书纸尾[④]。

三年弭节江湖上，千首放怀风月里。

手开西阁坐虚明，目净东溪照清泚。

素琴浊酒容一榻，落霞孤鹜供千里。

大舫何时系门柳，小诗屡欲书窗纸。

文昌新构满鹓鸾，都邑正喧收杞梓。

相逢一醉岂有命，南来寂寞君归矣。

①典刑：即典型、典范。②先君子：指蔡景繁父元导。③“戏嘲”句：东晋王导怕老婆，《晋书·王导传》：“初，曹氏性妒，导甚惮之，乃密营别馆，以处众妾。曹氏知，将往焉。导恐妾被辱，遽令命驾，犹恐迟之，以所执麈尾柄驱牛而进。司徒蔡谟闻之，戏导曰：‘朝廷欲加公九锡。’导弗之觉，但谦退而已。谟曰：‘不闻余物，惟有短辕犊车，长柄麈尾。’”④“肯为”句：蔡廓不愿作有职无权，屈从他人的官。《南史·蔡廓传》载，蔡廓被征为吏部尚书，要求铨选官职之事由其决定，徐羡之（字干木）不允。廓曰：“我不能为徐干木署纸尾也。”遂不拜。徐郎，指徐羡之。书纸尾，即书写于别人后面，指职位低。

卷十五

苏东坡七古下

一百二十首

次韵王定国南迁回见寄

土晕铜花蚀秋水，要须悍石相砻砥。
十年冰蘖[1]战膏粱，万里烟波濯纨绮。
归来诗思转清激，百丈空潭数鲂鲤。
逝将桂浦撷兰荪，不记槐堂收剑履[2]。
却思庾岭今何在，更说彭城真梦耳〔一〕。
君知先竭是甘井，我愿得全如苦李。
妄心不复九回肠，至道终当三洗髓。
广陵阳羡何足较〔二〕，只有无何真我里。
乐全老子今禅伯〔三〕，掣电机锋不容拟。
心通岂复问云何，印可[3]聊须答如是。
相逢为我话留滞，桃花春涨孤舟起。

〔一〕公自注：来诗述彭城旧游。 〔二〕公自注：余买田阳羡，来诗以为不如广陵。 〔三〕公自注：谓张安道也。定国，其婿。

① 冰蘖（bò）：饮冰食蘖。比喻生活清苦而坚守节操。蘖，黄蘖，木名，其实苦。② 剑履：剑履上朝，指位极人臣。③ 印可：印证。

寄蕲簟与蒲传正

兰溪美箭[1]不成笛，离离玉箸排霜脊。
千沟万缕自生风，入手未开先惨栗[2]。

公家列屋闲蛾眉，珠帘不动花阴移。
雾帐银床初破睡，牙签③玉局④坐弹棋。
东坡病叟长羁旅，冻卧饥吟似饥鼠。
倚赖春风洗破衾，一夜雪寒披故絮。
火冷灯青谁复知，孤舟儿女自嚘咿⑤。
皇天何时反炎燠，愧此八尺黄琉璃。
愿君净扫清香阁，卧听风漪声满榻。
习习还从两腋生，请公乘此朝阊阖〔一〕。

〔一〕翻从寒冷时倒映出炎热得簟之妙，亦自昌黎“却愿天日长炎曦”句脱胎。

① 箭：箭竹。② 惨栗：极寒。③ 牙签：象牙制成的书签牌。④ 玉局：棋盘的美称。⑤ 嚘（yōu）咿：小儿语。

渔父四首

渔父饮，谁家去，鱼蟹一时分付①。
酒无多少醉为期②，彼此不论钱数。

① 分付：处置。② 期：限度。

渔父醉，蓑衣舞，醉里却寻归路。
轻舟短棹任斜横，醒后不知何处。

渔父醒，春江午，梦断落花飞絮。
酒醒还醉醉还醒，一笑人间今古。

渔父笑，轻鸥举，漠漠一江风雨。
江边骑马是官人，借我孤舟南渡。

观杭州钤辖欧育刀剑战袍

青绫衲衫暖衬甲，红线勒帛光绕胁。
秃襟小袖雕鹘盘，大刀长剑龙蛇匣。
两军鼓噪屋瓦坠，红尘白羽纷相杂。
将军恩重此身轻，笑履锋铓如一插。
书生只肯坐帷幄，谈笑毫端弄生杀。
叫呼击鼓催上竿，猛士应怜小儿黠。
试问黄河夜偷渡，掠面惊沙寒霎霎。
何如大舰日高眠，一枕清风过苕霅。

寄吴德仁兼简陈季常

东坡先生无一钱，十年家火烧凡铅[①]。
黄金可成河可塞，只有霜须无由玄。
龙丘居士亦可怜，谈空说有夜不眠。
忽闻河东师子吼[②]，拄杖落手心茫然。
谁似濮阳公子[③]贤，饮酒食肉自得仙。
平生寓物不留物，在家学得忘家禅。
门前罢亚[④]十顷田，清溪绕屋花连天。

溪堂醉卧呼不醒，落花如雪春风颠。
我游兰溪访清泉，已办布袜青行缠。
稽山不是无贺老，我自兴尽回酒船。
恨君不识颜平原，恨我不识元鲁山。
铜驼陌[5]上会相见，握手一笑三千年。

① 凡铅：金属铅。② 河东师子吼：形容妻凶悍，丈夫惧内。苏轼在黄州与陈季常友，陈季常设客招声伎，妻柳氏以杖击照壁大呼，客皆散去。苏轼作诗戏之。河东，柳氏郡望。③ 濮阳公子：谓吴德仁。④ 罢亚：风吹稻摇貌。⑤ 铜驼陌：洛阳金马门外主道，道旁曾有汉铸铜驼两枚相对。

题王逸少帖

颠张醉素[1]两秃翁，追逐世好称书工。
何曾梦见王与钟，妄自粉饰欺盲聋。
有如市倡抹青红，妖歌嫚舞眩儿童。
谢家夫人淡丰容，萧然自有林下风[2]。
天门荡荡惊跳龙，出林飞鸟一扫空。
为君草书续其终，待我他日不匆匆。

① 颠张醉素：颠张即张旭，唐代草书名家。醉素即怀素。唐代僧人，草书名家。② 林下风：指闲雅飘逸的气度。《世说新语·贤媛》:“王夫人（谢道韫）神情散朗，故有林下风气。”

书林逋诗后

吴侬[1]生长湖山曲，呼吸湖光饮山绿。

不论世外隐君子，佣奴贩妇皆冰玉。

先生可是绝俗人，神清骨冷无由俗。

我不识君曾梦见，瞳子瞭然光可烛。

遗篇妙字处处有，步绕西湖看不足。

诗如东野不言寒，书似西台[2]差少肉。

平生高节已难继，将死微言犹可录。

自言不作封禅书，更肯悲吟白头曲〔一〕。

我笑吴人不好事，好作祠堂傍修竹。

不然配食水仙王，一盏寒泉荐秋菊。

〔一〕公自注：逋临终诗云："茂陵异日求遗草，犹喜初无封禅书。"

① 吴侬：此指吴人。侬，方言，指第二人称"你"。② 西台：指北宋书法家李建中，尝掌西京留司御史台，人称李西台。书法瘦健，一时称绝。

苏子容母陈夫人挽词

苏陈甥舅真冰玉，正始风流起颓俗。

夫人高节称其家，凛凛寒松映修竹。

鸡鸣为善[1]日日新[6]，八十三年如一晨。

岂惟室家宜寿母，实与朝廷生异人。

忘躯徇国乃吾子，三仕何曾知愠喜[2]。

不须拥笏强垂鱼[3]，我视去来皆梦尔。
诵诗相挽真区区，墓碑千字多遗余。
他年太史取家传，知有班昭续汉书。

①鸡鸣为善：指勤奋而致力于积善修德。典出《孟子·尽心上》。“鸡鸣而起，孳孳为善者，舜之徒也。”②“三仕”句：多次仕途进退而无喜无忧。《论语·公冶长》：“令尹子文三仕为令尹，无喜色；三已之，无愠色。”③拥笏强垂鱼：拥笏，拿着上朝用的笏版。垂鱼，唐制五品以上官佩鱼袋，宋承之。

次韵答贾耘老

五年一梦南司州，饥寒疾病为子忧。
东来六月井无水，仰看古堰横奔牛[1]。
平生管鲍子知我[2]，今日陈蔡谁从丘[3]。
夜航争渡泥水涩，牵挽直欲来瓜洲。
自言嗜酒得风痹，故乡不敢居温柔。
定将泛爱救沟壑，衰病不复从前乐。
今年太守真卧龙，笑语炎天出冰雹。
时低九尺苍须髯，过我三间小池阁。
故人改观争来贺，小儿不信犹疑错。
为君置酒饮且哦，草间秋虫亦能歌。
可怜老骥真老矣，无心更秣天山禾。

①奔牛：水路要冲，古称奔牛堰。今常州武进运河名镇。②管鲍子知我：《史记·管晏列传》：“管仲曰：‘……生我者父母，

知我者鲍子也。’” ③ 陈蔡谁从丘：《论语·先进》：“子曰：‘从我于陈、蔡者，皆不及门也。’”

送杨杰〔一〕

无为子尝奉使登太山①绝顶，鸡一鸣，见日出。又尝以事过华山，重九日饮酒莲华峰上。今乃奉诏与高丽僧统游钱塘，皆以王事而从方外之乐，善哉，未曾有也！作是诗以送之。

天门夜上宾出日，万里红波半天赤。
归来平地看跳丸，一点黄金铸秋橘。
太华峰头作重九，天风吹滟黄花酒。
浩歌驰下腰带鞓②，醉舞崩崖一挥手。
神游八极万缘虚，下视蚊雷隐污渠。
大千一息八十返，笑厉③东海骑鲸鱼。
三韩王子西求法，凿齿弥天两勍敌④。
过江风急浪如山，寄语舟人好看客。

〔一〕王注：元祐二年，高丽僧义天航海间道至明州。传云义天弃王位出家，上疏乞遍历丛林问法受道。有诏朝奉郎杨杰次公馆伴。所至吴中诸刹，皆迎饯如王臣礼。至金山，僧了元乃床坐受其大展。次公惊问其故，了元曰：“义天亦异国僧耳。丛林规绳如是，不可易。”朝廷闻之，以了元知大体。

① 太山：即泰山。② 腰带鞓（tīng）：华山地名。③ 厉：连衣涉水。④ “凿齿”句：《晋书·习凿齿传》：“时有桑门释道安，俊辩有高才，自北至荆州，与凿齿初相见。道安曰：‘弥天释道安。’凿齿曰：‘四海习凿齿。’时人以为佳对。” 勍（qíng）敌，有力的对手，谓才力相当。

再过超然台赠太守霍翔

昔饮雩泉别常山，天寒岁在龙蛇间。
山中儿童拍手笑，问我西去何当还。
十年不赴竹马约，扁舟独与鱼蓑闲。
重来父老喜我在，扶挈老幼相遮攀①。
当时襁褓皆七尺，而我安得留朱颜。
问今太守为谁欤，护羌充国鬓未斑〔一〕。
躬持牛酒劳行役，无复杞菊嘲寒悭②。
超然置酒寻旧迹，尚有诗赋镵坚顽③。
孤云落日在马耳④，照耀金碧开烟鬟。
郝〔二〕淇⑤自古北流水，跳波下濑鸣玦环。
愿公谈笑作石埭⑥，坐使城郭生溪湾。

〔一〕公自注：翔自言在熙河作屯田有功。　〔二〕郝：或作扶。

① 遮攀：遮，拦路。攀，攀辕。② 杞菊嘲寒悭：苏轼知密州时，作《杞菊后赋》。③ 镵坚顽：刻石。④ 马耳：密州山名。⑤ 郝（fū）淇：潍水支流。⑥ 埭（dài）：坝。

海市〔一〕

予闻登州海市旧矣。父老云："尝出于春夏，今岁晚不复见矣。"予到官五日而去，以不见为恨，祷于海神广德王之庙，明日见焉。乃作此诗。

东方云海空复空，群仙出没空明中。
荡摇浮世生万象，岂有贝阙藏珠宫。

心知所见皆幻影，敢以耳目烦神工。

岁寒水冷天地闭，为我起蛰鞭鱼龙。

重楼翠阜出霜晓，异事惊倒百岁翁。

人间所得容力取，世外无物谁为雄。

率然有请不我拒，信我人厄非天穷。

潮阳太守[1]南迁归，喜见石廪堆祝融。

自言正直动山鬼，岂知造物哀龙钟。

信[2]眉一笑岂易得，神之报汝亦已丰。

斜阳万里孤鸟没，但见碧海磨青铜[3]。

新诗绮语亦安用，相与变灭随东风。

〔一〕并序。

① 潮阳太守：指韩愈，元和十四年（819），因上书谏迎佛骨获罪，贬潮州刺史。② 信：通“伸”。③ 碧海磨青铜：形容海面平静如镜。

送戴蒙赴成都玉局观将老焉

拾遗[1]被酒[2]行歌处，野梅官柳西郊路。

闻道华阳版籍[3]中，至今尚有城南杜。

我欲归寻万里桥，水花风叶暮潇潇。

芋魁径尺谁能尽，桤木三年已足烧。

百岁风狂定何有，羡君今作峨眉叟。

纵未家生执戟郎，也应世出埋轮[4]守。

莫欺老病未归身，玉局他年第几人。

会待子猷清兴发，还须雪夜去寻君。

①拾遗：指杜甫，曾任左拾遗。②被酒：醉酒。③版籍：户口册。④埋轮：埋掉车轮（不前行）。比喻不畏权势，敢于奏劾当朝权贵。《后汉书·张纲传》：“汉安元年，选遣八使徇行风俗……而纲独埋其车轮于洛阳都亭，曰：‘豺狼当路，安问狐狸！’”

送陈睦知潭州

华清缥眇浮高栋，上有缬林[①]藏石瓮[②]。
一杯此地初识君，千岩夜上同飞鞚[③]。
君时年少面如玉，一饮百觚嫌未痛。
白鹿泉头山月出，寒光泼眼如流汞。
朝元阁上酒醒时，卧听风鸾[④]鸣铁凤。
旧游空在人何处，二十三年真一梦〔一〕。
我得生还雪髯满，君亦老嫌金带重。
有如社燕与秋鸿，相逢未稳还相送。
洞庭青草渺无际，天柱紫盖森欲动。
湖南万古一长嗟，付与骚人发嘲弄[⑤]。

〔一〕以上述旧游，以下转入潭州。

①缬（xié）林：枫林。②石瓮：骊山高处有石瓮寺。③飞鞚（kòng）：飞马。④风鸾：殿檐悬铎。⑤嘲弄：吟咏欣赏。

用前韵答西掖诸公见和

双猊[①]蟠础龙缠栋，金井辘轳鸣晓瓮。
小殿垂帘碧玉钩，大宛立仗[②]青丝鞚。

风驭宾天[3]云雨隔，孤臣忍泪肝肠痛。
羡君意气风生座，落笔纵横盘走汞。
上樽[4]日日泻黄封[5]，赐茗时时开小凤[6]。
闭门怜我老太玄，给札看君赋云梦。
金奏不知江海眩，木瓜屡费琼瑶重。
岂惟蹇步困追攀，已觉侍史疲奔送。
春还宫柳腰支活，雨入御沟鳞甲动。
借君妙语发春容，顾我风琴不成弄。

① 猊（ní）：狮子。② 立仗：作仪仗。③ 宾天：皇帝驾崩。④ 上樽：上等酒。⑤ 黄封：宋代官酿，因用黄罗帕或黄纸封口，故名。⑥ 小凤：小凤团，茶饼之一种，以模压成凤纹，故名。

送表弟程六知楚州〔一〕

炯炯明珠照双璧，当年三老苏程石。
里人下道避鸠杖，刺史迎门倒凫舄。
我时与子皆儿童，狂走从人觅梨栗。
健如黄犊不可恃，隙过白驹那暇惜。
醴泉寺古垂橘柚，石头山高暗松栎。
诸孙相逢万里外，一笑未解千忧集。
子方得郡古山阳，老手生风谢刀笔。
我正含毫紫微阁，病眼昏花困书檄。
莫教印绶系余年，去扫坟墓当有日。
功成头白早归来，共藉梨花作寒食〔二〕。

〔一〕施注：公母成国太夫人程氏，眉山著姓。其侄之才，字正辅，第二；之元字德孺，第六，即楚州也；之邵字懿叔，第七。　〔二〕三老当谓东坡与程六德孺之祖为二老，又加石氏一老也。诸孙，即指程六及坡自谓耳。前十句叙少时故乡聚处。后十句叙暮年京师送别。

送王伯扬守虢

华山东麓秦遗民，当时依山来避秦。
至今风俗含古意，柔桑渌水招行人。
行人掉臂不回首，争入崤函土囊口〔一〕。
惟有使君千里来，欲饮三堂无事酒。
三堂本来一事无，日长睡起闻投壶。
床头砚石开云月，涧底松根斸①雪腴。
山棚盗散人安寝，劝买耕牛发陈廪。
归来只作水衡卿②，我欲携壶就君饮。

〔一〕谓行人争入函谷关而至长安，不肯久留虢州也。

①斸（zhú）：砍。②水衡卿：汉官名，水衡都尉，掌上林苑。龚遂曾任此职，“劝买耕牛”用龚遂事，故言。

虢国夫人夜游图

佳人自鞚玉花骢，翩如惊燕踏飞龙。
金鞭争道宝钗落①，何人先入明光宫。
宫中羯鼓催花柳，玉奴弦索②花奴③手。

坐中八姨④真贵人，走马来看不动尘。

明眸皓齿谁复见，只有丹青余泪痕。

人间俯仰成今古，吴公台下雷塘路。

当时亦笑张丽华，不知门外韩擒虎。

①“金鞭”句：《旧唐书·杨贵妃传》：“杨家五宅夜游，与广平公主骑从争西市门。杨氏奴挥鞭及公主衣，公主堕马。”②玉奴弦索：杨贵妃善琵琶。玉奴，杨贵妃小字。③花奴：唐玄宗时汝南王李琎的小名。琎善击羯鼓。④八姨：杨贵妃姊秦国夫人。

武昌西山〔一〕

嘉祐中，翰林学士承旨邓公圣求，为武昌令，常游寒溪西山，山中人至今能言之。轼谪居黄冈，与武昌相望，亦常往来溪山间。元祐元年十一月二十九日，考试馆职，与圣求会宿玉堂，偶话旧事。圣求尝作《元次山洼樽铭》刻之岩石。因为此诗，请圣求同赋，当以遗邑人，使刻之铭侧。

春江渌涨蒲萄醅，武昌官柳知谁栽。

忆从樊口载春酒，步上西山寻野梅。

西山一上十五里，风驾两腋飞崔嵬。

同游困卧九曲岭，褰衣独到吴王台。

中原北望在何许，但见落日低黄埃。

归来解剑亭前路，苍崖半入云涛堆。

浪翁醉处今尚在，石臼杯〔二〕饮无樽罍。

尔来古意谁复嗣，公有妙语留山隈。

至今好事除草棘，常恐野火烧苍苔。

当时相望不可见，玉堂正对金銮开。
岂知白首同夜直，卧看椽烛高花摧。
江边晓梦忽惊断，铜镮玉锁鸣春雷。
山人帐空猿鹤怨，江湖水生鸿雁来。
请公作诗寄父老，往和万壑松风哀。

〔一〕并引。　〔二〕杯：一作抔。　○前十二句，叙昔在黄州，往来西山。“浪翁”六句，叙邓曾作《洼樽铭》。“当时”六句，叙会宿玉堂。

再用前韵

朱颜发过如春醅，胸中梨枣初未栽。

丹砂未易扫白发，赤松却欲参黄梅①。
寒溪本自远公社，白莲翠竹依崔嵬。
当时石泉照金像，神光夜发如五台。
饮泉鉴面得真意，坐视万物皆浮埃。
欲收暮景返田里，远溯江水穷离堆②。
还朝岂独羞老病，自叹才尽倾空罍。
诸公渠渠若夏屋③，吞吐风月清隅隈。
我如废井久不食，古甃④缺落生阴苔。
数诗往复相感发，汲新除旧寒光开。
遥知二月春江阔，雪浪倒卷云峰摧。
石中无声水亦静，云何解转空山雷〔一〕。
欲就诸公评此语，要识忧喜何从来。
愿求南宗一勺水，往与屈贾湔⑤余哀。

〔一〕公自注：韦应物诗云：“水性本云静，石中固无声。如何两相激，雷转空山惊。”

① 黄梅：禅宗五祖弘忍，蕲州黄梅人。② 离堆：山名，在四川新政镇南部。③ 夏屋，大的食器。④ 甃（zhòu）：以砖瓦砌的井壁。⑤ 湔（jiān）：洗濯，洗刷。

赵令晏崔白大图幅径三丈

扶桑大茧如瓮盎[①]，天女织绡云汉上。

往来不遣凤衔梭，谁能鼓臂投三丈。

人间刀尺不敢裁，丹青付与濠梁崔[②]。

风蒲半折寒雁起，竹间的皪[③]寒江梅。

画堂粉壁翻云幕，十里江天无处著。

好卧元龙百尺楼，笑看江水拍天流。

①“扶桑”句：神话传说仙女养蚕，茧大如瓮，见任昉《述异记》。此指有大茧，才能抽丝多，织绡而画其上，得大图幅。② 濠梁崔：崔白，北宋著名画师，字西白，濠梁（今安徽凤阳）人。③ 的皪（dí lì）：鲜明的样子。

次韵三舍人省上[一]

纷纷荣瘁[①]何能久，云雨从来翻覆手。

恍如一梦堕枕中[②]，却见三贤起江右[二]。

嗟君妙质皆瑚琏[③]，顾我虚名但箕斗。

明朝冠盖蔚相望，共扈[④]翠辇朝宣光。

武皇已老白云乡，正与群帝骖龙翔，独留杞梓扶明堂。

〔一〕公自注：三月二十九日作。明日，驾幸景灵宫。　〔二〕公自注：曾子开、刘贡父、孔经父，皆江西人。

① 荣瘁（cuì）：盛衰。② 枕中：唐沈既济《枕中记》载，卢生就枕入梦，历尽人间富贵荣华。梦醒，店主蒸黄粱未熟。③ 瑚琏（hú liǎn）：宗庙礼器，用以比喻治国安邦之才。④ 扈（hù）：随从，护卫。

偶与客饮，孔常父见访，设席延请，忽上马驰去，已而有诗，戏用其韵答之

扬雄他文不皆奇，犹称观瓶居井眉。

酒客法士两小儿，陈遵张竦何曾知。

主人有酒君独辞，蟹螯何不左手持。

岂复见吾横气机，遣人追君君绝驰。

尽力去花君自痴，醍醐与酒同一卮，请君更问文殊师。

次韵子由书李伯时所藏韩幹马

潭潭古屋云幕垂，省中文书如乱丝。

忽见伯时画天马，朔风胡沙生落锥[①]。

天马西来从西极，势与落日争分驰。

龙膺豹股头八尺，奋迅不受人间羁。

元狩虎脊[2]聊可友，开元玉花何足奇。

伯时有道真吏隐，饮啄不羡山梁雌。

丹青弄笔聊尔耳，意在万里谁知之。

幹惟画肉不画骨，而况失实空余皮。

烦君巧说腹中事[3]，妙语欲遣黄泉知。

君不见，韩生自言无所学，厩马万匹皆吾师。

① 锥：笔尖。② 元狩虎脊：元狩，汉武帝年号；虎脊，骏马毛色如虎。③ 巧说腹中事：《后汉书·祢衡传》："衡为作书记，轻重疏密，各得体宜。（黄）祖持其手曰：'处士，此正得祖意，如祖腹中之所欲言也。'"

送宋朝散知彭州迎侍二亲[一]

东来谁迎使君车，知是丈人屋上乌。

丈人今年二毛初，登楼上马不用扶。

使君负弩为前驱，蜀人不复谈相如。

老幼化服一事无，有鞭不施安用蒲[1]。

春波如天涨平湖，鞓红[2]照坐香生肤。

帣韝[3]上寿白玉壶，公堂登歌凤将雏。

诸孙欢笑争挽须，蜀人画作西湖图。

〔一〕施注：宋彭州名构，字成之，成都人。

①"有鞭"句：《后汉书·刘宽传》："吏人有过，但用蒲鞭罚之，示辱而已，终不加苦。"② 鞓（tīng）红：牡丹之一种。③ 帣韝（juǎn gōu）：卷束衣袖并加臂套。

郭熙画秋山平远〔一〕

玉堂昼掩春日闲，中有郭熙画春山。
鸣鸠乳燕初睡起，白波青嶂非人间。
离离短幅开平远，漠漠疏林寄秋晚。
恰似江南送客时，中流回头望云巘。
伊川佚老[①]鬓如霜，卧看秋山思洛阳。
为君纸尾作行草，炯如嵩洛浮秋光。
我从公游如一日，不觉青山映黄发。
为画龙门八节滩[②]，待向伊川买泉石[③]。

〔一〕公自注：文潞公为跋尾。《图画见闻志》：郭熙，河阳人，工画山水寒林。

① 伊川佚老：指文彦博，熙宁间致仕居洛阳。文彦博为此画作跋尾。② 龙门八节滩：在洛阳附近，白居易曾在此开山浚河。③ 泉石：山水。

赠李道士〔一〕

驾部员外郎李宗君固，景祐中良吏也。守汉州。有道士尹可元，精练善画，以遗火[①]得罪，当死。君缓其狱，会赦，获免。时可元八十一，自誓且死，必为李氏子以报。可元既死二十余年，而君子世昌之妇梦可元入其室，生子曰得柔，小名蜀孙。幼而善画，既长，读庄老，喜之，遂为道士，赐号妙应。事母以孝谨闻。其写真，盖妙绝一时云。

世人只数曹将军[②]，谁知虎头[③]非痴人[④]。

腰间大羽何足道，颊上三毛自有神[5]。

平生狎侮[6]诸公子，戏著幼舆岩石里。

故教世世作黄冠，布袜青鞋弄云水。

千年鼻祖守关门[7]，一念还为李耳孙。

香火旧缘何日尽，丹青余习至今存。

五十之年初过二，衰颜记我今如此。

他时要指集贤人，知是香山老居士。

〔一〕并序。

① 遗火：失火。② 曹将军：曹霸（约704—约770），唐代画家，善画马及功臣像，官至武卫大将军。③ 虎头：东晋画家顾恺之小字。④ 痴人：东晋画家顾恺之有才绝、画绝、痴绝，世人称之为三绝。⑤“颊上”句：《世说新语·巧艺》载，顾长康（顾恺之）画裴叔则，“颊上益三毛”，更传裴叔则其人神韵。⑥ 狎侮：轻慢侮弄。⑦“千年”句：指尹喜，为函谷关吏，又称关尹。老子西游至关，授《道德经》五千余言。

次韵米黻[1]二王[2]书跋尾二首

三馆曝书防蠹毁，得见来禽与青李。

秋蛇春蚓久相杂，野鹜家鸡定谁美。

玉函金龠上天来，紫衣敕使亲临启。

纷纶过眼未易识，磊落挂壁空云委。

归来妙意独追求，坐想蓬山二十秋。

怪君何处得此本，上有桓玄寒具油[3]。

巧偷豪夺古来有，一笑谁似痴虎头。

君不见，长安永宁里，王家破垣谁复修。

○前八句叙曾在三馆见二王真迹。后八句美米得此本。

① 米黻（fú）：即米芾（1052—1108），字元章，号襄阳漫士，原籍太原（今山西太原），徙居襄阳、丹徒，宋代著名书画家，因曾官礼部员外郎，世称米南宫。② 二王：王羲之、王献之父子。③ 桓玄寒具油：《续晋阳秋》：“桓玄好蓄法书名画，客至，常出而观。客食寒具，油污其画，后遂不设寒具。”寒具，一种油炸的面食。

元章作书日千纸，平生自苦谁与美。
画地为饼未必似，要令痴儿出馋水。
锦囊玉轴来无趾，粲然夺真疑圣智。
忍饥看书泪如洗，至今鲁公余乞米。

九月十五日，迩英讲《论语》，终篇，赐执政讲读史官燕于东宫，又遣中使就赐御书诗各一首，臣轼得《紫薇花》绝句，其词云：“丝纶阁下文章静，钟鼓楼中刻漏长。独坐黄昏谁是伴，紫薇花对紫微郎。”翌日各以表谢，又进诗一篇，臣轼诗云

绣裳画衮云垂地，不作成王剪桐戏[①]。
日高黄伞下西清，风动槐龙[②]舞交翠[一]。
壁中蠹简今千年，漆书科斗光射天。
诸儒不复忧吻燥，东宫赐酒如流泉。
酒酣复拜千金赐，一纸惊鸾回凤字。
苍颜白发便生光，袖有骊珠三十四[二]。
归来车马已喧阗[③]，争看银钩墨色鲜。

人间一日传万口，喜见云章第一篇〔三〕。

玉堂昼掩文书静，铃索不摇钟漏永。

莫言弄笔数行书，须信时平由主圣。

犬羊散尽沙漠空，捷书夜到甘泉宫。

似闻指挥筑上郡，已觉谈笑无西戎〔四〕。

文思天子师文母，终闭玉关辞马武。

小臣愿对紫薇花，试草尺书招赞普〔五〕④。

〔一〕公自注：迩英阁前有双槐，樛然属地，如龙形。　〔二〕公自注：臣所赐书并题目及臣姓名，凡三十四字。　〔三〕公自注：上前此，未尝以御书赐群臣。　〔四〕公自注：时熙河新获鬼章。是日，泾原复奏，夏贼数十万人遁去。　〔五〕公自注：按，唐制，翰林学士带知制诰，许缀中书舍人班。今臣以知制诰待罪禁林，故得以紫薇为故事。

① 成王剪桐戏：《史记·晋世家》："成王与叔虞戏，削桐叶为珪以与叔虞，曰：'以此封若。'史佚因请择日立叔虞。成王曰：'吾与之戏耳。'史佚曰：'天子无戏言……'于是遂封叔虞于唐。"② 槐龙：槐树的枝柯盘曲，如龙形。③ 喧阗（tián）：喧哗。④ 赞普：吐蕃君长的称号。

送乔仝寄贺君六首〔一〕

旧闻靖长官、贺水部，皆唐末五代人，得道不死。章圣皇帝东封，有谒于道左者，其谒云："晋水部员外郎贺亢。"再拜而去，上不知也。已而阅谒，见之大惊，物色求之，不可得。天圣初，又使其弟子喻澄者，诣阙①进佛道像，直数千万。张公安道与澄游，具得其事。又有乔仝者，少得大风疾，几死。贺使学道，今年八十，益壮盛。人无复见贺者，而仝数见之。

元祐二年十二月，仝来京师十许日，予留之，不可。曰“贺以上元期我于蒙山”；又曰“吾师尝游密州，识君于常山道上，意若喜君者”。作是诗以送之，且作五绝句以寄贺。

君年二十美且都，初得恶疾堕眉须。
红颜白发惊妻孥，览镜自嫌欲弃躯。
结茅穷山啖松腴[2]，路逢逃秦博士卢[3]。
方瞳照野清而癯，再拜未起烦一呼。
觉知此身了非吾，炯然莲花出泥涂。
随师东游渡潍郏，山头见我两轮朱。
岂知仙人混屠沽[4]，尔来八十胸垂胡。
上山如飞瞋人扶，东归有约不敢渝。
新年当参老仙儒，秋风西来下双凫，得枣如瓜分我无。

〔一〕并序。送乔仝七古一首，寄贺亢绝句五首，因题与序并同，故附录于七古中。

① 诣阙：赴朝堂。② 松腴：松脂。③ 逃秦博士卢：《淮南子·道应训》：“卢敖游乎北海。”许慎注：“卢敖，燕人，秦始皇召以为博士，使求神仙，亡而不反也。”④ 屠沽：宰牲和卖酒，泛指职业微贱的人。

生长兵间蚤脱身，晚为元祐太平人。
不惊渤澥[1]桑田变，来看龟蒙漏泽春。

① 渤澥（xiè）：渤海。

曾谒东封玉辂[1]尘，幅巾短褐亦逡巡。
行宫夜奏空名姓，怅望云霞缥缈人。

① 玉辂（lù）：帝王所乘之车。

垂老区区岂为身，微言一发重千钧。
始知不见高皇帝，正似商山四老人。

旧闻父老晋郎官，已作飞腾变化看。
闻道东蒙有居处，愿供薪水[1]看烧丹。

①薪水：柴和水。

千古风流贺季真，最怜嗜酒谪仙人。
狂吟醉舞知无益，粟饭藜羹问养神。

次韵黄鲁直画马试院中作

少年鞍马勤远行，卧闻龁[1]草风雨声，见此忽思短策横。
十年髀肉[2]磨欲透，那更陪君作诗瘦，不如芋魁归饭豆。
门前欲嘶御史骢，诏恩三日休老翁，羡君怀中双橘红。

①龁（hé）：嚼食。②髀（bì）肉：大腿上的肉。

余与李廌方叔相知久矣，领贡举事，而李不得第，愧甚，作诗送之

与君相从非一日，笔势翩翩疑可识。
平生漫说古战场，过眼终迷日五色。

我惭不出君大笑，行止皆天子何责。
青袍白纻五千人，知子无怨亦无德。
买羊沽酒谢玉川，为我醉倒春风前。
归家但草凌云赋，我相夫子非臞仙。

和王晋卿送梅花次韵

东坡先生未归时，自种来禽与青李。
五年不踏江头路，梦逐东风泛蘋芷。
江梅山杏为谁容，独笑依依临野水。
此间风物君未识，花浪翻天雪相激。
明年我复在江湖，知君对花三叹息。

庆源宣义王丈以累举得官，为洪雅主簿，雅州户掾[①]，遇吏民如家人，人安乐之。既谢事，居眉之青神[②]瑞草桥，放怀自得。有书来求红带，既以遗之，且作诗为戏，请黄鲁直、秦少游各为赋一首，为老人光华

青衫半作霜叶枯，遇民如儿吏如奴。
吏民莫作官长看，我是识字耕田夫。
妻啼儿号刺史怒，时有野人来挽须。
拂衣自注下下考[③]，芋魁饭豆吾岂无。
归来瑞草桥边路，独游还佩平生壶。

慈姥岩前自唤渡，青衣江畔人争扶。

今年蚕市数州集，中有遗民怀裤襦。

邑中之黔相指似，白髯红带老不癯。

我欲西归卜邻舍，隔墙拊掌容歌呼。

不学山王乘驷马，回头空指黄公垆。

① 户掾（yuàn）：户曹掾省称，专管户籍的州县属官。② 青神：今属四川。③ 自注下下考：指官吏政绩考核为下等。《旧唐书·阳城传》："赋税不登，观察使数加诮让。州上考功第，城自署其第曰：'抚字心劳，征科政拙，考下下。'"

次前韵送程六表弟

君家兄弟真连璧，门十朱轮家万石。

竹使[①]犹分刺史符，尚方行赐尚书舄[②]。

前年持节发仓廪，到处卖刀收茧栗。

归来闭口不论功，却走渡江谁复惜。

君才不用如涧松，我老得全犹社栎[③]。

青衫莫厌百僚底，白首上有千薪积[④]。

忆昔江湖一钓舟，无数云山供点笔。

未应偏障西风扇，只恐先移北山檄。

凭君寄谢江南叟，念我空见长安日。

浮江溯蜀有成言[⑤]，江水在此吾不食。

① 竹使：即竹使符，汉时竹制的信符。凡发兵用铜虎符，征调用竹使符。② 舄：古代一种以木为复底的鞋。③ 社栎：指不材

之木，比喻无所可用。④ 千薪积：指后来居上。《史记·汲黯列传》："陛下用群臣，如积薪耳，后来者居上。" ⑤ 成言：订议。

戏书李伯时画御马好头赤

山西战马饥无肉，夜嚼长秸如嚼竹。

蹄间三丈是徐行，不信天山有坑谷。

岂如厩马好头赤，立仗归来卧斜日。

莫教优孟卜葬地，厚衣薪槱入铜历[1]。

① "莫教" "厚衣" 二句：《史记·滑稽列传》载，楚王有爱马死，欲以棺椁大夫礼埋葬，优孟巧言讽谏，说出葬马的办法，"请为大王六畜葬之，以垅灶为椁，铜历为棺，赍以姜枣，荐以木兰，祭以粳稻，衣以火光，葬之于人腹肠"。此处作者戏言御马死后，莫被烹煮而食之。薪槱（yǒu），柴木。铜历，炊具。

送蹇道士归庐山

物之有知盖恃息，孰居无事使出入。

心无天游室不空，六凿相攘妇争席。

法师逃人入庐山，山中无人自往还。

往者一空还者失，此身正在无还间。

绵绵不绝微风里，内外丹成一弹指。

人间俯仰三千秋，骑鹤归来与子游。

木山〔一〕

吾先君子尝蓄木山三峰，且为之记与诗。诗人梅二丈圣俞，见而赋之。今三十年矣，而犹子千乘，又得五峰，益奇。因次圣俞韵，使并刻之其侧。

木生不愿回万牛，愿终天年仆①沙洲。

时来幸逢河伯秋，掀然②见怪推不流。

蓬婆雪岭巧雕锼③，蛰虫行蚁为豪酋。

阿咸大胆忽持去，河伯好事不汝尤④。

城中古沼浸坤轴，一林瘦竹吾菟裘⑤。

二顷良田不难买，三年桤木行可樕。

会将白发对苍巘，鲁人不厌东家丘。

〔一〕并引。

① 仆：跌倒。② 掀然：高举的样子。③ 雕锼（sōu）：雕刻。④ 尤：怪罪。⑤ 菟裘：在今山东泗水。指告老退隐的居处。

书王定国所藏烟江叠嶂图〔一〕

江上愁心千叠山，浮空积翠如云烟。

山邪云邪远莫知，烟空云散山依然。

但见两崖苍苍暗绝谷，中有百道飞来泉。

萦林络石隐复见，下赴谷口为奔川。

川平山开林麓断，小桥野店依山前。

行人稍度乔木外，渔舟一叶江吞天。

使君何从得此本，点缀毫末分清妍。

不知人间何处有此境，径欲往买二顷田。

君不见，武昌樊口幽绝处，东坡先生留五年。

春风摇江天漠漠，暮云卷雨山娟娟。

丹枫翻鸦伴水宿，长松落雪惊醉眠。

桃花流水在人世，武陵岂必皆神仙。

江山清空我尘土，虽有去路寻无缘。

还君此画三叹息，山中故人应有招我归来篇。

〔一〕公自注：王晋卿画。　　○前十二句状画中胜境。“使君”四句点明题目。“君不见”十二句，言樊口胜境，亦不减于图中之景。

兴隆节[①]侍宴前一日，微雪，与子由同访王定国，小饮清虚堂。定国出数诗，皆佳，而五言尤奇。子由又言，昔与孙巨源同访王定国，感念存没，悲叹久之。夜归，稍醒，各赋一篇，明日朝中以示定国也

天风淅淅飞玉沙[②]，诏恩归沐[③]休早衙。

遥知清虚堂里雪，正似薝卜林中花。

出门自笑无所诣，呼酒持劝惟君家。

踏冰凌兢战疲马，扣门剥啄惊寒鸦。

羡君五字入诗律，欲与六出[④]争天葩。

头风已倩檄手愈[⑤]，背痒却得仙爪爬。

银瓶泻油浮蚁酒，紫碗铺粟盘龙茶。

幅巾起作鸲鹆舞，叠鼓谁掺渔阳挝。

九衢灯火杂梦寐，十年聚散空咨嗟。

明朝握手殿门外，共看银阙暾[⑥]晨霞。

① 兴隆节：或作“兴龙节”，宋哲宗生日。② 玉沙：雪。③ 归沐：指官吏休假。④ 六出：形容雪，雪有六瓣。⑤“头风”句：此用曹操称陈琳之檄，治愈其头风典。《三国志·魏书·陈琳传》裴松之注引《典略》:“琳作诸书及檄，草成呈太祖。太祖先苦头风，是日疾发，卧读琳所作，翕然而起曰:‘此愈我病。’” ⑥ 暾（tūn）：日始出。

王晋卿作《烟江叠嶂图》，仆赋诗十四韵，晋卿和之，语特奇丽，因复次韵。不独纪其诗画之美，亦为道其出处契阔之故，而终之以不忘在莒之戒，亦朋友忠爱之义也

山中举头望日边，长安不见空云烟。
归来长安望山上，时移事改应潸然。
管弦去尽宾客散，惟有马埒[①]编金泉[②]。
渥洼故自千里足，要饱风雪轻山川。
屈居华屋啖枣脯，十年俯仰龙旂[③]前。
却因瘦病出奇骨，盐车之厄宁非天。
风流文采磨不尽，水墨自与诗争妍。
画山何必山中人，田歌自古非知田。
郑虔三绝君有二，笔势挽回三百年。
欲将岩谷乱窈窕，眉峰修嫮[④]夸连娟[⑤]。
人间何有春一梦，此身将老蚕三眠。
山中幽绝不可久，要作平地家居仙。
能令水石长在眼，非君好我当谁缘。
愿君终不忘在莒，乐时更赋囚山篇[一]。

〔一〕公自注：柳子厚有《囚山赋》。

①马埒（liè）：习射之驰道，两边有界限，使不至跑出道外。②金泉：金钱。③龙旂（qí）：龙旗，帝王仪仗之一，借指帝王。④修嫮（hù）：美好。⑤连娟，纤细。

东川清丝寄鲁冀州戏赠

鹅溪清丝清如冰，上有千岁交枝藤。
藤生谷底饱风雪，岁晚忽作龙蛇升。
嗟我虽为老侍从，骨寒只受布与缯[①]。
床头锦衾未还客，坐觉芒刺在背膺。
岂如髯卿晚乃贵，福禄正似川方增。
醉中倒着紫绮裘，下有半臂出缥[②]绫。
封题[③]不敢妄裁剪，刀尺自有佳人能。
遥知千骑出清晓，积雪未放浮尘兴。
白须红带柳丝下，老弱空巷人相登。
但放奇纹出领袖，吾髯虽老无人憎。

①缯（zēng）：粗制丝织品。②缥：淡青色。③封题：封缄后在封口处题签。

寄蔡子华[一]

故人送我东来时，手栽荔子待君归。
荔子已丹吾发白，犹作江南未归客。

江南春尽水如天，肠断西湖春水船。

想见青衣江畔路，白鱼紫笋[1]不论钱。

霜髯三老如霜桧，旧交零落今谁辈。

莫从唐举问封侯，但遣麻姑更爬背[2]。

〔一〕蔡子华，名褒，眉之青神人。《成都帖》有诗叙云：王十六秀才将归蜀，云子华宣德蔡丈见托求诗。梦中为作四句，觉而成之，以寄子华，仍请以示杨君素、王庆源二老人。元祐五年二月七日。

① 紫笋：茶名。上等好茶。② “莫从”“但遣”二句：不要听唐举卜人富贵封侯，麻姑仙人手纤长似鸟爪，可搔背痒。此指不问命运，只求安适。唐举，战国梁人，善相术，《史记·蔡泽列传》载，蔡泽请唐举相面，唐举说：“吾闻圣人不相，殆先生乎？”

介亭饯杨杰次公

篮舆[1]西山登山门，嘉与我友寻仙村。

丹青明灭风篁岭，环珮空响桃花源〔一〕。

前朝欲上已蜡屐，黑云白雨如倾盆。

今晨积雾卷千里，岂畏触热生病根。

在家头陀无为子，久与青山为弟昆。

孤峰尽处亦何有，西湖镜天江抹坤。

临高挥手谢好住，清风万壑传其言。

风回响答君听取，我亦到处随君轩。

〔一〕公自注：郡人谓介亭山下为桃源路。

① 篮舆：轿子。

安州老人[①]食蜜歌[一]

安州老人心似铁，老人心肝小儿舌。

不食五谷惟食蜜，笑指蜜蜂作檀越[②]。

蜜中有诗人不知，千花百草争含姿。

老人咀嚼时一吐，还引世间痴小儿。

小儿得诗如得蜜，蜜中有药治百疾。

正当狂走捉风时，一笑看诗百忧失。

东坡先生取人廉，几人相欢几人嫌。

恰似饮茶甘苦杂，不如食蜜中边甜。

因君寄与双龙饼[③]，镜空一照双龙影。

三吴六月水如汤[④]，老人心似双龙井。

〔一〕公自注：赠僧仲殊。施注：僧仲殊，安州人，居钱塘。为诗敏捷立成，而工妙绝人远甚。殊辟谷，常啖蜜。陆务观云：族伯父彦远言，少时识仲殊长老，东坡为作《安州老人食蜜歌》者。一日，与数客过之，所食皆蜜也。豆腐、面筋、牛乳之类，皆渍蜜食之，客多不能下箸。惟东坡性亦酷嗜蜜，能与之共饱。崇宁中，忽上堂辞众，是夕，闭方丈门自缢死。及火，舍利五色不可胜计。邹忠公为作诗云："逆行天莫测，雉作渎中经。沤灭风前质，莲开火后形。钵盂残蜜白，炉篆冷烟青。空有谁家曲，人间得细听。"彦远又云：殊少为士人，游荡不羁，为妻投毒羹胾中，几死，啖蜜而解。医云，复食肉，则毒发不可疗，遂弃家为浮屠。邹公所谓"谁家曲"者，谓其雅工于乐府词，犹有不羁余习也。

① 安州老人：即僧仲殊，安州（今湖北安陆）人，住杭州吴山宝月寺，嗜蜜，人号蜜殊。② 檀越：施主。③ 龙饼：团茶。④ 汤：热水。

送张嘉州

少年不愿万户侯，亦不愿识韩荆州。

颇愿身为汉嘉守，载酒时作凌云游。

虚名无用今白首，梦中却到龙泓口。

浮云轩冕何足言，惟有江山难入手。

峨眉山月半轮秋，影入平羌江水流。

谪仙此语谁解道，请君见月时登楼。

笑谈万事真何有，一时付与东岩酒〔一〕。

归来还受一大钱，好意莫违黄发叟。

〔一〕公自注：佛峡人家白酒旧有名。

送江公著知吉州

三吴行尽千山水，犹道桐庐更清美。

岂惟浊世隐狂奴，时平亦出佳公子。

初冠惠文[①]读城旦[②]，晚入奉常陪剑履。

方将华省起弹冠[③]，忽忆钓台归洗耳。

未应良木弃大匠，要使名驹试千里。

奉亲官舍当有择，得郡江南差可喜。

白粲连樯[④]一万艘，红妆执乐三千指。

簿书期会得余闲，亦念人生行乐耳〔一〕。

〔一〕公自注：二耳义不同，故得重用。

① 冠惠文：即惠文冠，赵惠文王创制，治狱法者冠之。② 城旦：刑罚名，一种筑城四年的劳役。成旦书，泛指刑书。③ 弹冠：

整冠，喻出仕。④连樯：桅杆相连，形容船多。

与叶淳老、侯敦夫、张秉道同相视新河，秉道有诗，次韵二首〔一〕

君不见，元帅府前罗万戟，涛头未顺千弩射。

至今凤凰山下路，长借一箭开两翼。

我凿西湖还旧观，一眼已尽西南碧。

又将回夺浮山崄，千艘夜下无南北。

坐陈三策本人谋，惟留一诺待我画。

老病思归真暂寓，功名如幻终何得。

从来自笑画蛇足，此事何殊食鸡肋。

怜君嗜好更迂阔，得我新诗喜折屐。

江湖粗了我竟归，余事后来当润色。

一庵闲卧洞霄宫，井有丹砂水长赤。

〔一〕施注：浙江潮自海门东来，势如雷霆，而浮山峙于江中，与鱼浦诸山，犬牙相错，洄洑激射，岁败公私船不可胜计。前知信州侯临，葬亲杭之南荡，往来相视地形，反复讲求，建议自浙江上流地名石门，并山而东，凿为运河，引浙江及溪谷诸水二十二里，以达于江。又并江为岸，凡八里，以达于龙山之大慈浦。自浦北折抵小岭，凿岭六十五丈，以达于古河。浚古河四里，以达于龙山运河，以避浮山之崄。人皆以为便。时公与前转运使叶温叟、转运判官张璹同往按视，如临言，遂奏疏以闻，乞令三省看详支赐钱物，委临监督。而公以是月召还，役竟不成。先是，杭之西湖水涸草生，渐成葑田。公取葑积之湖中为长堤，以通南北，杭人名为苏公堤，故云“我凿西湖还旧观，一眼已尽西南碧”。“劝农使者非常人”，谓温叟。“上饶使君更超轶”，谓临也。淳老，温叟字。敦夫，临字。张秉道，乃吴兴六客之一，时客于杭。

荆溪父老愁三害，下斩长蛟本无赖。
平生倔强韩退之，文字犹为鳄鱼戒。
石门之役万金耳，首鼠不为吾已隘。
江湖开塞古有数，两鹄飞来告成坏。
劝农使者非常人，一言已破黎民骇。
上饶使君更超轶[①]，坐睨浮山如累块[②]。
髯张乃我结袜生，诗酒淋漓出狂怪。
我作水衡生作丞，他日归朝同此拜。

① 超轶：高超不同凡俗。② 累块：堆砌的土块。

棕笋〔一〕

棕笋状如鱼，剖之得鱼子，味如苦笋而加甘芳。蜀人以馔[①]佛僧，甚贵之，而南方不知也。笋生肤毳[②]中，盖花之方孕者。正二月间可剥取，过此苦涩，不可食矣。取之，无害于木，而宜于饮食。法当蒸熟，所施略与笋同。蜜煮酢[③]浸，可致千里外。今以饷殊长老。

赠君木鱼三百尾，中有鹅黄子鱼子。
夜叉剖瘿[④]欲分甘，箨龙[⑤]藏头敢言美。
愿随蔬果得自用，勿使山林空老死。
问君何事食木鱼，烹不能鸣[⑥]固其理。

〔一〕并引。

① 馔（zhuàn）：款待。② 肤毳（cuì）：指棕榈苞片。③ 酢（cù）：醋。④ 瘿（yǐng）：瘤子。⑤ 箨（tuò）龙：竹笋。⑥ 烹不

能鸣：《庄子·山木》："夫子出于山，舍于故人之家。故人喜，命竖子杀雁而烹之。竖子请曰：'其一能鸣，其一不能鸣，请奚杀？'主人曰：'杀不能鸣者。'"

次韵曹子方运判雪中同游西湖

词源滟滟波头展，清唱一声岩谷满。
未容雪积句先高，岂独湖开心自远。
云山已作歌眉浅，山下碧流清似眼。
尊前侑酒只新诗，何异书鱼餐蠹简。

西湖秋涸，东池鱼窘甚，因会客，呼网师[1]迁之西池，为一笑之乐。夜归，被酒不能寐，戏作放鱼一首

东池浮萍半黏块，裂碧跳青出鱼背。
西池秋水尚涵空，舞阔摇深吹荇带。
吾僚有意为迁居，老守纵馋那忍脍。
纵横争看银刀出，瀺灂[2]初惊玉花[3]碎。
但愁数罟损鳞鬣[4]，未信长堤隔涛濑。
濊濊发发[5]须臾间，圉圉洋洋[6]寻丈外。
安知中无蛟龙种，尚恐或有风云会。
明年春水涨西湖，好去相忘渺淮海。

①网师：渔夫。②瀺（chán）灂（zhuó）：小水声。③玉花：水花。④鬣：鱼颔旁小鳍。⑤濊（huò）濊发发：濊濊，渔网入水

声。发发，鱼跃声。⑥ 圉（yǔ）圉洋洋：圉圉，困而未舒的样子。洋洋，舒缓摇尾的样子。

复次放鱼韵答赵承议陈教授

扰扰万生同一块[①]，抢榆[②]不羡培风背[③]。

青丘已吞云梦芥，黄河复缭天门带。

长讥韩子隘且陋，一饱鲸鱼何足脍。

东坡也是可怜人，披抉泥沙收细碎。

逝将归修〔一〕八节滩，又欲往钓七里濑。

正似此鱼逃网中，未与造物游数外。

且将新句调二子，湖上秋高风月会。

为君更唤木肠儿，脚扣两舷歌小海。

〔一〕修：一作休。

① 一块：一或作“大”，大自然。② 抢（qiāng）榆：冲上榆树，指短程飞行。《庄子·逍遥游》：“蜩与学鸠笑之曰：‘我决起而飞，抢榆枋，时则不至而控于地而已矣，奚以之九万里而南为？’”③ 培风背：《庄子·逍遥游》载，大鹏凭借风力，搏击九万里，“背负青天，而莫之夭阏”。

六观堂老人草书〔一〕

物生有象象乃滋，梦幻无根成斯须[①]。

方其梦时了非无，泡影一失俯仰殊。

清露未晞[2]电已徂[3]，此灭灭尽乃真吾。

云如死灰实不枯，逢场作戏三昧俱。

化身为医忘其躯，草书非学聊自娱。

落笔已唤周越[4]奴，苍鼠奋髯饮松腴[5]。

剡藤玉板[6]开雪肤，游龙天飞外人呼，莫作羞涩羊氏姝[7]。

〔一〕公自注：六观，取《金刚经》梦、幻等六物也。老人僧了性，精于医而善草书，下笔有远韵，而人莫知贵，故作此诗。

① 斯须：须臾，片刻。② 晞（xī），晒干。③ 徂（cú），去。④ 周越：字子发，一字清臣，天圣、庆历间以书名显，擅真、行、草诸体。⑤ 松腴：墨汁。⑥ 剡（shàn）藤玉板：剡溪藤造的纸。剡溪，在今浙江嵊州南。⑦ 羞涩羊氏姝：梁武帝《书评》："羊欣书如大家婢为夫人，虽处其位，而举止羞涩，终不似真。"

聚星堂雪〔一〕

元祐六年十一月一日，祷雨张龙公，得小雪，与客会饮聚星堂。忽忆欧阳文忠公作守时，雪中约客赋诗，禁体物[1]语，于艰难中特出奇丽。尔来四十余年，莫有继者。仆以老门生继公后，虽不足追配[2]先生，而宾客之美，殆不减当时。公之二子，又适在郡，故辄举前令，各赋一篇。

窗前暗响鸣枯叶，龙公试手行初雪。

映空先集疑有无，作态斜飞正愁绝。

众宾起舞风竹乱，老守先醉霜松折。

恨无翠袖点横斜，只有微灯照明灭。

归来尚喜更鼓暗，晨起不待铃索掣。

未嫌长夜作衣棱，却怕初阳生眼缬[3]。

欲浮大白追余赏，幸有回飙惊落屑。

模糊桧顶独多时，历乱瓦沟裁一瞥。

汝南先贤[4]有故事，醉翁诗话谁续说。

当时号令君听取，白战[5]不许持寸铁。

〔一〕并引。

① 禁体物语：宋欧阳修《雪》题下自注：“时在颍州作。玉、月、梨、梅、练、絮、白、舞、鹅、鹤、银等字，皆请勿用。”体物，描摹事物。② 追配：谓与前人相匹敌，媲美。③ 眼缬（xié）：眼花。④ 汝南先贤：此借指欧阳修。⑤“白战”句：指作“禁体”诗时禁用某些较常用的字。白战，空手作战。

喜刘景文至

天明小儿更传呼，髯刘已到城南隅。

尺书真是髯手迹，起坐熨眼[1]知有无。

今人不作古人事，今世有此古丈夫。

我闻其来喜欲舞，病自能起不用扶。

江淮旱久尘土恶，朝来清雨濯鬓须。

相看握手两无事，千里一笑无乃迂。

平生所乐在吴会[2]，老死欲葬杭与苏。

过江西来二百日，冷落山水愁吴姝。

新堤旧井各无恙，参寥六一岂念吾。

别后新诗巧摹写，袖中知有钱塘湖。

〇前十二句喜刘至。后八句念苏杭旧游，以刘自杭来也。

①熨眼：揉眼睛。②吴会：吴、会稽二郡。

送欧阳季默[1]赴阙

先生岂止一怀祖，郎君不减王文度[2]。

膝上几日今白须，令我眼中见此父[3]。

汝南相从三晦朔，君去苦早我来暮。

霜风凄紧正脱木，颍水清浅可立鹭。

莫辞白酒泻香泉，已觉扁舟掠新渡。

坐看士衡执别手，更遣梦得出奇句。

郎君可是管库人，乃使騄骥[4]随蹇步。

置之行矣无足道，贤愚岂在遇不遇。

①欧阳季默：名辩，欧阳修第四子，时以宣德郎监澶州酒税。②王文度：王坦之，东晋名臣，书法家，太原晋阳（今山西太原）人。其父东晋尚书令王述。③“膝上”“令我”二句：王述爱其子坦之。此指欧阳季默与其父欧阳修。《晋书·王述传》：“述爱坦之，虽长大，犹抱置膝上。”④騄（lù）骥：骏马。

用前韵作雪诗留景文

万松岭上黄千叶[1]，载酒年年踏松雪。

刘郎去后谁复来，花下有人心断绝。

东斋夜坐搜雪句，两手龟坼[2]霜须折。

无情岂亦畏嘲弄，穿帘入户吹灯灭。

纷纷儿女争所似，碧海长鲸君未掣。

朝来云汉接天流，顾我小诗如点缀。

欧阳赵陈在户外，急扫中庭铺木屑。

交游虽似雪柏坚，聚散行作风花瞥。

晴光融作一尺泥，归有何事真无说。

泥干路稳放君去，莫倚马蹄如踣铁[③]。

① 黄千叶：指蜡梅。② 龟（jūn）坼（chè）：龟裂。③ 踣（bó）铁：踣铁，踩踏铁器，喻马蹄坚硬有力。

次前韵送刘景文

白云在天不可呼，明月岂肯留庭隅。

怪君西行八百里，清坐十日一事无。

路人不识呼尚书，但见凛凛雄千夫〔一〕。

岂知入骨爱诗酒，醉倒正欲蛾眉扶。

一篇向人写肝肺，四海知我霜鬓须〔二〕。

欧阳赵陈皆我有，岂谓夫子驾复迂。

迩来又见三黜柳[①]，共此暖热餐毡苏[②]。

酒肴酸薄红粉暗，只有颍水清而姝。

一朝寂寞风雨散，对影谁念月与吾〔三〕。

何时归帆溯江水，春酒一变甘棠湖〔四〕。

〔一〕公自注：君一马两仆，率然相访，逆旅多呼尚书，意谓君都头也。　〔二〕公自注：君前有诗见寄云“四海共知霜鬓满，重阳曾插菊花无”。　〔三〕公自注：郡中日与欧阳叔弼、赵景贶、陈履常相从，而景文复至，不数日柳戚之亦见过。宾客之盛，顷所未有。然又数日，叔弼、景文、戒之皆去矣。〔四〕公自注：景文近卜居九江，近甘棠湖。

①三黜柳：《论语·微子》："柳下惠为士师，三黜。"此指柳戒之。②餐毡苏：用苏武事。《汉书·苏武传》："单于愈益欲降之，乃幽武置大窖中，绝不饮食。天雨雪，武卧啮雪与旃毛并咽之，数日不死。"此指苏轼。

蜡梅一首赠赵景贶

天工点酥作梅花，此有蜡梅禅老家。
蜜蜂采花作黄蜡，取蜡为花亦其物。
天工变化谁得知，我亦儿嬉作小诗。
君不见，万松岭上黄千叶，玉蕊檀心两奇绝。
醉中不觉渡千山，夜闻梅香失醉眠。
归来却梦寻花去，梦里花仙觅奇句。
此间风物属诗人，我老不饮当付君。
君行适吴我适越，笑指西湖作衣钵。

阎立本职贡图[1]

贞观之德表万邦，浩如沧海吞河江。
音容伧狞[2]服奇庞[3]，横绝岭海逾涛泷[4]。
珍禽瑰产争牵扛，名王解辫却盖幢[5]。
粉本[6]遗墨开明窗，我喟而作心未降[7]，魏徵封伦恨不双。

①职贡图：绘于贞观十一年（637），唐太宗在长安会见各国使臣。②伧狞：粗野。③庬（páng）：杂色。④泷（shuāng）：奔湍。⑤盖幢（chuáng）：仪仗。⑥粉本：画稿。⑦降：欢悦。

次韵王滁州见寄

斯人何似似春雨，歌舞农夫怨行路。
君看永叔与元之，坎轲一生遭口语[1]。
两翁当年鬓未丝，玉堂挥翰[2]手如飞。
教得滁人解吟咏，至今里巷嘲轻肥[3]。
君家联翩尽卿相，独来坐啸溪山上。
笑捐浮利一鸡肋，多取清名几熊掌。
丈夫自重贵难售，两翁今与青山久。
后来太守更风流，要伴前人作诗瘦。
我倦承明苦求出，到处遗踪寻六一。
凭君试与问琅邪，许我来游莫难色。

①口语：言论。②挥翰：挥毫。③轻肥：轻裘肥马。

次韵徐仲车

恶衣恶食诗愈好，恰是霜松啭春鸟。
苍蝇莫乱远鸡声，世上谁知〔一〕公觉早。

八年看我走三州〔二〕，月自当空水自流。

人间扰扰真蝼蚁，应笑人呼作斗牛。

〔一〕知：一作如。　〔二〕公自注：元丰八年，予赴登州，元祐四年赴杭州，今赴扬州，皆见仲车。

在颍州，与德麟同治西湖，未成，改扬州。三月十六日，湖成，德麟有诗见怀，次其韵

太山秋毫两无穷，巨细本出相形中。

大千起灭一尘里，未觉杭颍谁雌雄〔一〕。

我在钱塘拓湖渌，大堤士女争昌丰①。

六桥横绝天汉上，北山始与南屏通。

忽惊二十五万丈，老葑②席卷苍云空。

朅来颍尾弄秋色，一水萦带昭灵宫。

坐思吴越不可到，借君月斧修朣胧③。

二十四桥亦何有，换此十顷玻璃风。

雷塘水干禾黍满，宝钗耕出余鸾龙。

明年诗客来吊古，伴我霜夜号秋虫〔二〕。

〔一〕公自注：来诗云：与杭争雄。　〔二〕公自注：德麟见约来扬寄居，亦有意求扬倅。　○首四句，辨杭颍之雌雄。“我在”六句，叙在杭修堤。“朅来”四句，叙在颍治湖。末六句，叙现官扬州。

① 昌丰：美丰姿。② 老葑（fèng）：湖泽干涸时丛生的水草。③ 朣（tóng）胧：月色微明的样子。

再次韵德麟新开西湖

使君不用山鞠穷，饥民自逃泥水中。

欲将百渎①起凶岁〔一〕，免使甔石愁扬雄②。

西湖虽小亦西子，萦流作态清而丰。

千夫余力起三闸，焦陂下与长淮通。

十年憔悴尘土窟，清澜一洗啼痕空。

王孙本自有仙骨，平生宿卫明光宫。

一行作吏人不识，正似云月初朦胧。

时临此水照冰雪，莫遣白发生秋风。

定须却致两黄鹄，新与上帝开濯龙。

湖成君归侍帝侧，灯花已缀钗头虫。

〔一〕公自注：予以颍人苦饥，奏乞留黄河夫万人修境内沟洫。诏许之，因以余力浚治此河。

① 渎：水渠。② 甔（dān）石愁扬雄：《汉书·扬雄传》："家产不过十金，乏无甔石之储。"甔石，瓦器。③ 一行作吏：指出仕为官。嵇康《与山巨源绝交书》："游山泽，观鱼鸟，心甚乐之。一行作吏，此事便废。"

次韵晁无咎学士相迎

少年独识晁新城，闭门却扫卷旆旌。

胸中自有谈天口①，坐却秦军发墨守②。

有子不为谋置锥，虹霓吞吐忘寒饥。

端如太史牛马走③，严徐不敢连尻脽。

徘回未用疑相待，枉尺知君有家戒。

避人聊复去瀛洲[4]，伴我真能老淮海。

梦中仇池千仞岩，便欲揽我青霞幨[5]。

且须还家与妇计，我本归路连西南。

老人饮酒无人佐，独看红药倾白堕[6]。

每到平山忆醉翁，悬知他日君思我。

路傍小儿笑相逢，齐歌万事转头空。

赖有风流贤别驾，犹堪十里卷春风。

① 谈天口：汉刘歆《七略》：“齐田骈好谈论，故齐人为语曰：‘天口骈。’”② 墨守：战国时墨翟善于守城，后因称善于防守为墨守。③ 太史牛马走：汉司马迁《报任安书》：“太史公牛马走司马迁再拜言。”牛马走，奴仆，自谦之辞。④ 瀛洲：即“登瀛洲”，比喻士人得到荣宠，如登仙界。⑤ 幨（chān）：车帷。⑥ 白堕：刘白堕，南北朝人，善酿酒。此处指酒。

闻林夫当徙灵隐寺寓居，戏作灵隐前一首

灵隐前，天竺后，两涧春淙一灵鹫[1]。

不知水从何处来，跳波赴壑如奔雷。

无情有意两莫测，肯向冷泉亭下相萦回。

我在钱塘六百日，山中暂来不暖席。

今君欲作灵隐居，葛衣草屦[2]随僧蔬。

能与冷泉作主一百日，不用二十四考书中书。

① 灵鹫（jiù）：即飞来峰。② 屦（jù）：鞋。

送晁美叔发运右司年兄赴阙

我年二十无朋俦[①]，当时四海一子由。

君来叩门如有求，颀然[②]鹤骨清而修。

醉翁遣我从子游，翁如退之蹈轲丘。

尚欲放子出一头〔一〕，酒醒梦断四十秋。

病鹤不病骨愈虬，惟有我颜老可羞。

醉翁宾客散九州，几人白发还相收。

我如怀祖拙自谋，正作尚书已过优。

君求会稽实良筹，往看万壑争交流〔二〕。

〔一〕公自注：嘉祐初，与子由寓兴国浴室。美叔忽见访，云：吾从欧阳公游久矣，公令我来与子定交，谓子必名世，老夫亦须放他出一头地。按，子由志先生墓亦云。　〔二〕公自注：美叔方乞越。

① 朋俦（chóu）：朋辈。② 颀（qí）然：风姿挺秀的样子。

送程德林赴真州

君为县令元丰中，吏贪功利以病农。

君欲言之路无从，移书谏臣以自通〔一〕，元丰天子为改容。

我时匹马江西东，问之逆旅言颇同。

老人爱君如刘宠[①]，小儿敬君如鲁恭[②]。

尔来明目达四聪，收拾骃骏冀[③]北空。

君为赤令有古风，政声直入明光宫。

天厩如海养群龙，并收其子岂不公[二]，白沙④何必烦此翁。

〔一〕公自注：谏臣，蹇受之也。　〔二〕公自注：君之子祁举制策、文学、行义，为时所称。

① 刘宠：字祖荣，东汉东莱（今山东烟台）人。有惠政，由会稽太守升职入京，山阴县有五六位老人送行，赠其百钱，不受，仅挑选一枚留下，人称“一钱太守”。② “小儿”句：《后汉书·鲁恭传》载，（鲁恭）为中牟县令，深受民众爱戴，河南尹袁安闻之，疑其不实，使仁恕掾肥亲查访。恭随行阡陌，俱坐桑下，有雉过，止其傍。傍有童儿，亲曰：“儿何不捕之？”儿言“雉方将雏”。亲瞿然而起，与恭诀曰：“所以来者，欲察君之政迹耳。今虫不犯境，此一异也；化及鸟兽，此二异也；竖子有仁心，此三异也。”③ 驵（zǎng）骏：骏马。④ 白沙：指白沙镇。

召还至都门先寄子由

老身倦马河堤永，踏尽黄榆绿槐影。

荒鸡号月未三更，客梦还家时一顷①。

归老江湖无岁月，未填沟壑犹朝请②。

黄门殿中奏事罢，诏许来迎先出省。

已飞青盖在河梁，定饷黄封③兼赐茗。

远来无物可相赠，一味丰年说淮颍。

① 一顷：片刻。② 朝请：朝见皇帝。诸侯朝聘，春曰朝，秋曰请。③ 黄封：指黄封酒。

近以月石砚屏[①]献子功中书公，复以涵星砚献纯父侍讲。子功有诗，纯父未也，复以月石风林屏赠之，谨和子功诗，并求纯父数句

紫潭[②]出玄云[③]，翳[④]我潭中星。
独有潭上月，倒挂紫翠屏。
我老不看书，默坐养此昏花睛。
时时一开眼，见此云月眼自明。
久知世界一泡影，大小真伪何足评。
笑彼三子欧梅苏[⑤]，无事自作雪羽争〔一〕。
故将屏砚送两范，要使珠璧栖窗棂。
大范忽长谣，语出月胁令人惊〔二〕。
小范当继之，说破星心如鸡鸣〔三〕。
床头复一月，下有风林横。
急送小范家，护此涵心泓[⑥]。
愿从少陵博一句，山木尽与洪涛倾[⑦]。

〔一〕公自注：事见三人诗集。　〔二〕施注：月胁，用皇甫湜“若穿天心出月胁”语。　〔三〕施注：孟郊《闻鸡诗》：“似开孤月口，能说落星心。”

① 砚屏：砚旁障尘的小屏风。② 紫潭：指砚池。③ 玄云：指墨汁。④ 翳（yì）：遮蔽。⑤ 欧梅苏：欧阳修、梅尧臣、苏舜钦，三人均有与月石屏相关之诗。⑥ 泓：陶泓，砚的别称。⑦“愿从”句：杜甫《戏题画山水歌》有“舟人渔子入浦溆，山木尽亚洪涛风”句。少陵，杜甫自称“少陵野老”。

次韵范纯父涵心砚月石风林屏诗

月次于房历三星，斗牛不神箕独灵。
簸摇桑榆尽西靡，影落苏子砚与屏。
天工与我两厌事，孰居无事为此形。
与君持橐[1]侍帷幄，同到温室观尧蓂[2]。
自怜太史牛马走，伎等卜祝均倡伶。
欲留衣冠挂神武，便击云水归南溟。
陶泓不称管城沐，醉石可助平泉醒。
故持二物与夫子，欲使妙质留天庭。
但令滋液到枯槁，勿遣光景生晦冥。
上书挂名岂待我，独立自可当雷霆。
我时醉眠风林下，夜与渔火同青荧。
抚物怀人应独叹，作诗寄子谁当听。

①橐（tuó）：盛书的袋子。②尧蓂（míng）：传为帝尧阶前所生瑞草。

次韵吴传正枯木歌[一]

天工水墨自奇绝，瘦竹枯松写残月。
梦回疏影在东窗，惊怪霜枝连夜发。
生成变坏一弹指，乃知造物初无物。
古来画师非俗士，妙想实与诗同出。
龙眠居士本诗人，能使龙池飞霹雳。

君虽不作丹青手，诗眼亦自工识拔[1]。

龙眠胸中有千驷，不独画肉兼画骨。

但当与作少陵诗，或自与君拈秃笔。

东南山水相招呼，万象入我摩尼珠。

尽将书画散朋友，独与长铗归来乎。

〔一〕施注：吴传正，名安诗。父充，相神宗。传正元祐中为右司谏，与刘器之同攻蔡确，窜荒服。迁左史，摄西掖，坐草苏黄门知汝州词溢美，罢去。后为子累，编置湘中。诗中有“龙眠居士本诗人”，指李伯时也。

①识拔：赏识并提拔。

书晁说之考牧图后

我昔在田间，但知羊与牛。

川平牛背稳，如驾百斛舟。

舟行无人岸自移，我卧读书牛不知。

前有百尾羊，听我鞭声如鼓鼙[1]。

我鞭不妄发，视其后者而鞭之。

泽中草木长，草长病牛羊。

寻山跨坑谷，腾趠[2]筋骨强。

烟蓑雨笠长林下，老去而今空见画。

世间马耳射东风，悔不长作多牛翁。

①鼓鼙（pí）：军中常用的大小鼓。②腾趠（chào）：跳起。

书丹元子所示李太白真

天人几何同一沤，谪仙非谪乃其游，麾斥[1]八极隘九州。

化为两鸟鸣相酬，一鸣一止三千秋。

开元有道为少留，縻[2]之不可矧[3]肯求。

西望太白横峨岷，眼高四海空无人。

大儿汾阳中令君[4]，小儿天台坐忘身[5]。

平生不识高将军[6]，手污吾足乃敢瞋，作诗一笑君应闻。

①麾斥：纵横奔放。②縻（mí）：束缚。③矧（shěn）：何况。④汾阳中令君：指郭子仪，为中书令，封汾阳王。⑤天台坐忘身：指司马承祯，字子微，著有《坐忘论》。⑥高将军：指高力士，累官骠骑大将军。

雪浪石

太行西来万马屯，势与岱岳争雄尊。

飞狐[1]上党[2]天下脊，半掩落日先黄昏。

削成山东二百郡，气压代北[3]三家村[4]。

千峰石卷矗牙帐，崩崖凿断开土门[5]。

揭来城下作飞石，一炮惊落天骄魂。

承平百年烽燧冷，此物僵卧枯榆根。

画师争摹雪浪势，天工不见雷斧痕。

离堆四面绕江水，坐无蜀士谁与论。

老翁儿戏作飞雨，把酒坐看珠跳盆。

此身自幻孰非梦，故国山水聊心存。

①飞狐：要隘名，在今河北涞源北、蔚县南。②上党：在今山西长治。天下脊，指高峻山脉。③代北：今山西北部及河北西北部一带。④三家村：偏僻的小乡村。⑤土门：要隘名，即井陉口，在今河北井陉北山上。

石芝〔一〕

予尝梦食石芝，作诗记之，今乃真得石芝于海上，子由和前诗见寄。予顷在京师，有凿井得如小儿手以献者，臂指皆具，肤理若生。予闻之隐者，此肉芝也。与子由烹而食之。追记其事，复次前韵。

土中一掌婴儿新，爪指良是肌骨匀。

见之怖走谁敢食，天赐我尔不及宾。

旌阳远游[①]同一许，长史玉斧[②]皆门户。

我家韦布[③]三百年，只有阴功不知数。

跪陈八簋[④]加六瑚[⑤]，化人视之真块苏[⑥]。

肉芝烹熟石芝老，笑唾熊掌嚬雕胡[⑦]。

老蚕作茧何时脱，梦想至人空激烈。

古来大药亦可求，真契当如磁石铁。

〔一〕并引。

①旌阳远游：旌阳，东晋许逊，拜旌阳令；远游，许迈字。传说皆羽化升仙。②长史玉斧：长史，许谧，累迁散骑常侍、护军长史；玉斧，许翙，小字玉斧、许谧子。皆隐居山中修道。③韦布：韦带布衣，借指平民。④八簋（guǐ），簋，祭器，内圆外方，周制，天子八簋。⑤瑚：礼器。⑥块苏：土块，草堆。⑦雕胡：茭白子实，煮熟为雕胡饭。

鹤叹

园中有鹤驯可呼，我欲呼之立坐隅[①]。
鹤有难色侧睨予，岂欲臆对如鹏乎。
我生如寄良畸孤[②]，三尺长胫阁瘦躯。
俯啄少许便有余，何至以身为子娱。
驱之上堂立斯须，投以饼饵视若无。
戛然长鸣乃下趋，难进易退我不如。

① 坐隅：座位旁边。② 畸孤：孤独。

送曾仲锡通判如京师

边城岁暮多风雪，强压春醪[①]与君别。
玉帐夜谈霜月苦，铁骑晓出冰河裂。
断蓬飞叶卷黄沙，只有千林蒙松[②]花。
应为王孙朝上国，珠幢玉节与排衙[③]。
左援公孝右孟博[④]，我居其间啸且诺。
仆夫为我催归来，要与北海春水争先回。

① 春醪（láo）：春酒。② 蒙松：迷蒙的样子。③ 排衙：主官升座，衙署陈设仪仗，僚属依次参谒，分立两旁。④“左援”句：公孝、孟博都是贤人被任用。公孝，即岑晊。孟博，即范滂。见《乐府诗集·二郡谣》。

次韵子由清汶老龙珠丹

天公不解防痴龙，玉函宝方出龙宫。
雷霆下索无处避，逃入先生衣袂中。
先生不作金椎袖，玩世徜徉隐屠酒。
夜光明月空自投，一锻何劳纬萧手。
黄门寡好心易足，荆棘不生梨枣熟。
玄珠白璧两无求，无胫金丹来入腹。
区区分别笑乐天，那知空门不是仙。

次韵子由书清汶老所传秦湘二女图

春风消冰失瑶玉，我本无身安有触①。
羊生②得妇如得风，握手一笑未为辱。
先生室中无天游，佩环何处鸣风瓯。
随魔未必皆魔女，但与分灯遣归去。
胡为写真传世人，更要维摩③一转语。
丹元茅茨④只三间，太极老人时往还。
点检凡心早除拂，方平神鞭常使物。

① 触：佛教语，色声香味触法“六根”之一。② 羊生：羊权，晋人。③ 维摩：维摩诘，在家的佛教著名居士。④ 茅茨（cí）：茅屋。

子由生日以檀香观音像及新合印香银篆盘为寿一首

旃檀[①]婆律[②]海外芬，西山老脐[③]柏所薰。
香螺脱黡来相群，能结缥缈风中云。
一灯如萤起微焚，何时度尽缪篆[④]纹。
缭绕无穷合复分，绵绵浮空散氤氲。
东坡持是寿卯君[⑤]，君少与我师皇坟。
旁资老聃释迦文，共厄中年点蝇蚊。
晚遇斯须何足云，君方论道承华勋。
我亦旗鼓严中军，国恩未报敢不勤。
但愿不为世所醺，尔来白发不可耘。
问君何时返乡枌[⑥]，收拾散亡理放纷。
此心实与香俱焄，闻思大士应已闻。

① 旃（zhān）檀：檀香。② 婆律：即龙脑香，亦名冰片。③ 老脐：雄麝的脐，麝香腺所在，借指麝香。④ 缪篆：六体书之一，香尘盘曲之形似之，故称。⑤ 卯君：指苏辙。⑥ 乡枌（fén）：枌榆社，高祖刘邦的故乡，后因称家乡为“乡枌”。

子由新修汝州龙兴寺吴[①]画壁[一]

丹青久衰工不艺，人物尤难到今世。
每摹市井作公卿，画手悬知是徒隶。
吴生已与不传死，那复典刑留近岁。
人间几处变西方，尽作波涛翻海势。
细观手面分转侧，妙算毫厘得天契。

始知真放本精微，不比狂花[②]生客慧。

似闻遗墨留汝海，古壁蜗涎可垂涕。

力捐金帛扶栋宇，错落浮云卷新霁。

使君坐啸清梦余，几叠衣纹数衿袂。

他年吊古知有人，姓名聊记东坡弟。

〔一〕施注：《韵语阳秋》：汝州龙兴寺吴道子画两壁。一壁作维摩示疾，文殊来问，天女散花；一壁作太子游四门，释迦降魔。笔法奇绝，子由曾施百缣。

① 吴：指吴道子。② 狂花：不依时序而开的花。

六月七日泊金陵，阻风，得钟山泉公书，寄诗为谢

今日江头天色恶，炮车云[①]起风欲作。

独望钟山唤宝公[②]，林间白塔如孤鹤。

宝公骨冷唤不闻，却有老泉来唤人。

电眸虎齿霹雳舌，为予吹散千峰云。

南行万里亦何事，一酌曹溪[③]知水味。

他年若画蒋山图，仍作泉公唤居士。

① 炮车云：一种预示暴风即将到来的云。②“独望”句：《南史·释宝志传》:“时有沙门释宝志者，不知何许人，有于宋泰始中见之，出入钟山。”③ 曹溪：禅宗六祖慧能在曹溪宝林寺传法而得名。在今广东韶关。

江西一首

江西山水真吾邦，白沙翠竹石底江。
舟行十里磨九泷，篙声荦确相舂撞。
醉卧欲醒闻淙淙，真欲一口吸老庞[①]。
何人得隽[②]窥鱼矼[③]，举叉绝叫尺鲤双。

① 一口吸老庞：《楞严经》："（庞蕴）后参马祖，问曰：'不与万法为侣者，是甚么人。'祖曰：'待汝一口吸尽西江水，即向汝道。'" ② 得隽：谓得大鱼。③ 鱼矼（gāng）：可供钓鱼用的小石桥。

秧马歌[一]

过庐陵，见宣德郎致仕[①]曾君安止，出所作《禾谱》，文既温雅，事亦详实，惜其有所缺，不谱农器也。予昔游武昌，见农夫皆骑秧马。以榆枣为腹，欲其滑；以楸桐为背，欲其轻。腹如小舟，昂其首尾；背如覆瓦，以便两髀，雀跃于泥中，系束藁[②]其首以缚秧。日行千畦，较之伛偻[③]而作者，劳佚相绝矣。《史记》："禹乘四载，泥行乘橇。"解者曰："橇形如箕，擿[④]行泥上。岂秧马之类乎？"作《秧马歌》一首，附于《禾谱》之末云。

春云蒙蒙雨凄凄，春秧欲老翠剡[⑤]齐。
嗟我妇子行水泥，朝分一垄暮千畦。
腰如箜篌首啄鸡，筋烦骨殆声酸嘶。
我有桐马手自提，头尻轩昂腹胁低。

背如覆瓦去角圭[6]，以我两足为四蹄。

耸踊[7]滑汰[8]如凫鹥，纤纤束藁亦可赍[9]。

何用繁缨[10]与月题[11]，却从畦东走畦西。

山城欲闭闻鼓鼙，忽作的卢跃檀溪。

归来挂壁从高栖，了无刍秣[12]饥不啼。

少壮骑汝逮老黧[13]，何曾蹶轶[14]防颠隮〔二〕[15]。

锦鞯[16]公子朝金闺，笑我一生蹋牛犁，不知自有木駃騠。

〔一〕并引。　〔二〕隮：一作挤。

①致仕：因年老或疾病辞官者。②束藁（gǎo）：稻草。③伛偻（yǔ lǚ）：俯身。④擿（zhì）：同“掷”。⑤翠剡（yǎn）：青翠的稻苗。⑥角圭：棱角。⑦耸踊：起伏。⑧滑汰：滑溜。⑨赍（jī）：携带。⑩繁缨：繁，马腹带；缨，马颈革。⑪月题：马额上的佩饰，其形似月。⑫刍秣：牛马的饲料。⑬老黧（lí）：老牛。⑭蹶轶：跌倒。⑮颠隮（jī）：坠落。⑯锦鞯（jiān）：锦制的衬托马鞍的坐垫。

月华寺〔一〕

天公胡为不自怜，结土融石为铜山。

万人采斫富媪[1]泣，只有金帛资豪奸。

脱身献佛意可料，一瓦坐待千金还。

月华三火岂天意，至今茇舍[2]依榛菅[3]。

僧言此地本龙象，兴废反掌曾何艰。

高岩夜吐金碧气，晓得异石青斓斑。

坑流窟发钱涌地，暮施百镒[4]朝千锾[5]。

此山出宝以自贼，地脉已断天应悭。

我愿铜山化南亩，烂漫黍麦苏茕鳏⑥。

道人修道要底物，破铛煮饭茅三间。

〔一〕公自注：寺邻岑水场，施者皆坑户也。百年间，盖三焚矣。

①富媪（ǎo）：地神。②茇（bá）舍：草屋。③榛菅（jiān）：从生的茅草。④百镒（yì）：形容钱多。⑤锾（huán）：六两。⑥茕鳏：孤苦无依者。

游罗浮山一首示儿子过

人间有此白玉京，罗浮见日鸡一鸣〔一〕。

南楼未必齐日观，郁仪①自欲朝朱明〔二〕。

东坡之师抱朴老②，真契久已交前生。

玉堂金马久流落，寸田尺宅今谁耕。

道华亦尝啖一枣〔三〕，契虚正欲仇三彭〔四〕。

铁桥石柱连空横〔五〕，杖藜欲趁飞猱轻。

云溪夜逢瘖虎伏〔六〕，斗坛昼出铜龙吟〔七〕。

小儿少年有奇志，中宵起坐存黄庭。

近者戏作凌云赋，笔势仿佛离骚经。

负书从我盍归去，群仙正草新宫铭。

汝应奴隶蔡少霞，我亦季孟山玄卿〔八〕。

还须略报老同叔，赢粮万里寻初平〔九〕。

〔一〕公自注：刘梦得有诗，记罗浮夜半见日事。山不甚高，而夜见日，此可异也。 〔二〕公自注：山有二石楼，今延祥寺在南楼下，朱明洞在冲虚观后，云是蓬莱第七洞天。

〔三〕公自注：唐永乐道士侯道华，窃食邓天师药，仙去。永乐有无核枣，人不可得，道华独得之。予在岐下，亦尝得食一枚。〔四〕公自注：唐僧契虚，遇人导游稚川仙府。真人问曰："汝绝三彭之仇乎？"契虚不能答。　〔五〕公自注：山有铁桥石柱，人罕至者。　〔六〕公自注：山有哑虎巡山。　〔七〕公自注：冲虚观后，有朱真人朝斗坛。近于坛上获铜龙六，铜鱼一。〔八〕公自注：唐有梦书《新宫铭》者云，紫阳真人山玄卿撰。其略曰："良常西麓，原泽东泄，新宫宏宏，崇轩巘巘。"又有蔡少霞者，梦人遣书碑，略曰："昔乘鱼车，今履瑞云，蹋空仰涂，绮辂轮囷。"其末题云："五云书阁吏蔡少霞书。"　〔九〕公自注：子由，一字同叔。

① 郁仪：日神。② 抱朴老：东晋葛洪，字稚川，号抱朴子，曾止于罗浮山炼丹。

寓居合江楼

海上葱昽气佳哉①，二江合处朱楼开。

蓬莱方丈应不远，肯为苏子浮江来。

江风初凉睡正美，楼上啼鸦呼我起。

我今身世两相违，西流白日东流水。

楼中老人日清新，天上岂有痴仙人。

三山②咫尺不归去，一杯付与罗浮春〔一〕。

〔一〕公自注：予家酿酒名罗浮春。

① 葱昽（lóng）：明丽的样子。② 三山：即传说中的蓬莱、方丈、瀛洲三神山。

十一月二十六日松风亭下梅花盛开〔一〕

春风岭上淮南村，昔年梅花曾断魂〔二〕。
岂知流落复相见，蛮风蜑雨愁黄昏。
长条半落荔枝浦，卧树独秀桄榔[1]园。
岂惟幽光留夜色，直恐冷艳排冬温。
松风亭下荆棘里，两株玉蕊明朝暾[2]。
海南仙云娇堕砌，月下缟衣[3]来扣门。
酒醒梦觉起绕树，妙意有在终无言。
先生独饮勿叹息，幸有落月窥清尊。

〔一〕按《年谱》，先生以绍圣元年十月三日至惠州，寓居嘉祐寺松风亭。　〔二〕公自注：予昔赴黄州春风岭上，见梅花，有两绝句。明年正月，往岐亭道上，赋诗云："去年今日关山路，细雨梅花正断魂。"

①桄（guāng）榔（láng）：常绿乔木。②朝暾（tūn）：初生的太阳。③月下缟衣：白衣仙女。柳宗元《龙城录》载，隋开皇中，赵师雄迁罗浮，一日天寒日暮，见一白衣女子，相与饮醉。久之，时东方已白，师雄起视，乃在大梅花树下。

再用前韵

罗浮山下梅花村，玉雪为骨冰为魂。
纷纷初疑月挂树，耿耿[1]独与参横[2]昏。
先生索居[3]江海上，悄如病鹤栖荒园。
天香国艳肯相顾，知我酒熟诗清温。
蓬莱宫中花鸟使，绿衣倒挂扶桑暾〔一〕。

抱丛窥我方醉卧，故遣啄木先敲门。

麻姑过君急扫洒[4]，鸟能歌舞花能言。

酒醒人散山寂寂，惟有落蕊粘空樽。

〔一〕公自注：岭南珍禽有倒挂子，绿衣红喙，如鹦鹉而小，自海东来，非尘埃中物也。

① 耿耿：明亮的样子。② 参（shēn）横：参星横斜，指夜深。③ 索居：散处一方。④ “麻姑”句：此用《国史补》载李泌虚言麻姑送酒事。“李相泌以虚诞自任。尝对客曰：‘家人速洒扫，今夜洪崖唐先生来宿。’有人遗美酒一榼，会有客至，乃曰：‘麻姑送酒来，与君同倾。’倾之未毕，阍者云：‘某侍郎取榼子。’泌命倒还之，略无怍色。”

花落复次前韵

玉妃[1]谪堕烟雨村，先生作诗与招魂。

人间草木非我对，奔月偶挂成幽昏。

暗香入户寻短梦，青子缀枝留小园。

披衣连夜唤客饮，雪肤满地聊相温。

松明[2]照坐愁不睡，井花[3]入腹清而暾。

先生来年六十化，道眼已入不二门。

多情好事余习气，惜花未忍都无言。

留连一物吾过矣，笑领百罚空罍樽。

① 玉妃：梅花。② 松明：山松多油脂，劈成细条，燃以照明。③ 井花：清晨初汲的水。

追饯正辅表兄至博罗，赋诗为别

孤臣南游堕黄菅，君亦何事来牧[1]蛮。
舣舟蜑户龙冈窟，置酒椰叶桄榔间。
高谈已笑衰语陋，杰句尤觉清诗孱。
博罗小县僧舍古，我不忍去君忘还。
君应回望秦与楚[2]，梦涉汉水愁秦关。
我亦坐念高安客[3]，神游黄檗[4]参洞山。
何时旷荡洗瑕谪[5]，与君归驾相追攀。
梨花寒食隔江路，两山遥对双烟鬟。
归耕不用一钱物，惟要两脚飞孱颜[6]。
玉床[7]丹镞[8]记分我，助我金鼎光斓斑。

①牧：主管。②秦与楚：指程之邵，时知泗州；程之元，时知楚州。③高安客：指苏辙，时贬筠州。④黄檗（bò）：山名，亦为寺名，在筠州西北。⑤瑕谪：缺点。⑥孱颜：峻岭。⑦玉床：朱砂矿床。⑧丹镞（zú）：生在矿床上如箭镞的丹砂。

再用前韵

乐天双鬓如霜菅，始知谢遣素与蛮。
我兄绿发蔚如故，已了梦幻齐人间。
蛾眉劝酒聊尔耳，处仲太忍茂弘孱[1]。
三杯径醉便归卧，海上知复几往还。
连娟六幺趁蹋鞠[2]，杳眇三叠萦阳关。
酒醒梦断何所有，落花流水空青山。

忽惊铙鼓发半夜，明月不许幽人攀。

赠行无物惟一语，莫遣瘴雾侵云鬟。

罗浮道人一倾盖，欲系白日留君颜。

应知我是香案吏，他年许缀蓬莱班。

①“蛾眉”“处仲”二句：《世说新语·汰侈》：“石崇每要客燕集，常令美人行酒。客饮酒不尽者，使黄门交斩美人。王丞相与大将军尝共诣崇，丞相素不能饮，辄自勉强，至于沉醉。每至大将军，固不饮以观其变。已斩三人，颜色如故，尚不肯饮。丞相让之，大将军曰：‘自杀伊家人，何预卿事？’”处仲，王敦字，晋元帝时任大将军。茂弘，王导字，晋元帝时丞相。②蹋鞠：一种用于习武、健身和娱乐的踢球运动。

游博罗香积寺〔一〕

寺去县七里，三山犬牙，夹道皆美田，麦禾甚茂。寺下溪水，可作碓磨。若筑塘百步，闸而落之，可转两轮举四杵也。以属县令林抃，使督成之。

二年流落蛙鱼乡，朝来喜见麦吐芒。

东风摇波舞净绿，初日泫露酣娇黄。

汪汪春泥已没膝，剡剡秋谷初分秧。

谁言万里出无友，见此二美喜欲狂。

三山屏拥僧舍小，一溪雷转松阴凉。

要令水力供臼磨，与相地脉增堤防。

霏霏落雪看收面〔二〕，隐隐叠鼓闻舂糠〔三〕。

散流一啜云子白〔四〕，炊裂十字琼肌香〔五〕。

岂惟牢九[1]荐古味〔六〕，要使真一[2]流天浆〔七〕。

诗成捧腹便绝倒，书生说食真膏肓。

〔一〕并引。　〔二〕麦也。　〔三〕禾也。　〔四〕禾也。〔五〕麦也。　〔六〕麦也。公自注：束皙《饼赋》："馒头薄持，起搜牢九。"　〔七〕禾也。　○首六句叙麦禾之美。"谁言"六句因见麦、禾、溪水，而谋及白磨。末八句艳说饱食麦禾之味。

①牢九：蒸饼。②真一：苏轼自酿酒。

四月十一日初食荔支

南村诸杨北村卢〔一〕，白华青叶冬不枯。

垂黄缀紫烟雨里，特与荔支为先驱。

海山仙人绛罗襦，红纱中单[①]白玉肤。

不须更待妃子笑，风骨自是倾城姝。

不知天公有意无，遣此尤物生海隅。

云山得伴松桧老，霜雪自困楂梨粗。

先生洗盏酌桂醑，冰盘荐此赪虬珠[②]。

似闻江鳐斫玉柱，更洗河豚烹腹腴〔二〕。

我生涉世本为口，一官久已轻莼鲈[③]。

人间何者非梦幻，南来万里真良图。

〔一〕公自注：谓杨梅、卢橘也。　〔二〕公自注：予尝谓荔支厚味、高格两绝，果中无比，惟江鳐柱、河豚鱼近之耳。

①中单：里衣。②赪（chēng）虬珠：赤色宝珠，喻荔枝。③莼鲈：莼菜鲈鱼。《世说新语·识鉴》："张季鹰辟齐王东曹掾，在洛，见秋风起，因思吴中菰菜羹、鲈鱼脍，曰：'人生贵得适意

尔，何能羁宦数千里以要名爵！’遂命驾便归。”

荔支叹

十里一置飞尘灰，五里一候兵火催。

颠坑仆谷相枕藉，知是荔支龙眼来。

飞车跨山鹘横海，风枝露叶如新采。

宫中美人一破颜，惊尘溅血流千载。

永元荔支来交州，天宝岁贡取之涪。

至今欲食林甫肉，无人举觞酹伯游〔一〕。

我愿天公怜赤子，莫生尤物为疮痏①。

雨顺风调百谷登，民不饥寒为上瑞。

君不见，武夷溪边粟粒芽，前丁后蔡相笼加〔二〕。

争新买宠各出意，今年斗品②充官茶〔三〕。

吾君所乏岂此物，致养口体③何陋邪。

洛阳相君忠孝家，可怜亦进姚黄花〔四〕④。

〔一〕公自注：汉永元中，交州进荔支、龙眼，十里一置，五里一候，奔腾死亡，罹猛兽毒虫之害者无数。唐羌，字伯游，为林武长，上书言状，和帝罢之。唐天宝中，盖取涪州荔支，自子午谷路进入。　〔二〕公自注：大小龙茶始于丁晋公，成于蔡君谟。欧阳永叔闻君谟进小龙团，惊叹曰：君谟士人也，何至作此事！〔三〕公自注：今年闽中监司乞进斗茶，许之。　〔四〕公自注：洛下贡花自钱惟演始。　○后八句因荔支而叹贡茶、贡花之弊。

① 疮痏（wěi）：祸害。② 斗品：经比较优劣而胜出的茶叶精品。③ 口体：口腹。④ 姚黄花：牡丹名种之一。

同正辅表兄游白水山

伟哉造物真豪纵，攫[①]土抟[②]沙为此弄。

擘[③]开翠峡走云雷，截破奔流作潭洞。

因随化人履巨迹，得与仙兄蹑飞鞚。

曳杖不知岩谷深，穿云但觉衣裘重。

坐看惊鸟救霜叶，知有老蛟蟠石瓮。

金沙玉砾粲可数，古镜宝奁寒不动。

念兄独立与世疏，绝境难到惟我共。

永辞角上两蛮触[④]，一洗胸中九云梦。

浮来山高回望失，武陵路绝无人送。

筠篮[⑤]撷翠爪甲香，素绠[⑥]分碧银瓶冻。

归路霏霏汤谷暗，野堂活活神泉涌。

解衣浴此无垢人，身轻可试云间凤。

① 攫（jué）：抓。② 抟（tuán）：把东西捏聚成团。③ 擘（bò）：剖裂。④ 角上两蛮触：《庄子·则阳》："有国于蜗之左角者曰触氏，有国于蜗之右角者曰蛮氏，时相与争地而战，伏尸数万，逐北旬有五日而后反。" ⑤ 筠篮：竹篮。⑥ 素绠（gěng）：汲井索。

次韵正辅同游白水山

只知楚越[①]为天涯，不知肝胆非一家。

此身如线自萦绕，左旋右转随缫车。

误抛山林入朝市，平地咫尺千褒斜[②]。

欲从稚川隐罗浮，先与灵运开永嘉[③]。

首参虞舜款韶石[④]，次谒六祖登南华。

仙山一见五色羽〔一〕，雪树两摘南枝花。

赤鱼白蟹箸屡下，黄柑绿橘笾常加[⑤]。

糖霜不待蜀客寄，荔支莫信闽人夸。

恣倾白蜜收五棱[⑥]，细斸黄土栽三桠〔二〕。

朱明洞里得灵草，翩然放杖凌苍霞。

岂无轩车驾熟鹿，亦有鼓吹号寒蛙。

山人劝酒不用勺，石上自有樽罍洼。

径从此路朝玉阙，千里莫遣毫厘差。

故人日夜望我归，相迎欲到长风沙。

岂知乘槎天女侧，独倚云机看织纱。

世间谁似老兄弟，笃爱不复相疵瑕。

相携行到水穷处，庶几一见留子嗟。

千年枸杞尝夜吠[⑦]，无数草棘工藏遮。

但令凡心一洗濯，神人仙药不我遐。

山中归来万想灭，岂复回顾双云鸦。

〔一〕谓有五色雀曾一至儋耳庭中，公后有《五色雀》诗。〔二〕公自注：正辅分人参，归种韶阳。来诗本用砑字，惠州无书，不见此字所出，故且从木奉和。　○首八句言被尘俗所缠缚，欲为物外之游。“首参”十句，叙自到岭南，备历诸胜。“朱明”八句，言自罗浮游白水。“故人”至末十四句，有飘逸出世之想。

① 楚越：比喻相距遥远。② 褒斜：交通要道，取道褒水、斜水二河谷，二水同出秦岭。③ 灵运开永嘉：谢灵运曾为永嘉太守。④ 虞舜款韶石：传说中舜曾登韶石。款，留。韶石，山岩名，在广东曲江。⑤ 笾常加：谓礼遇厚于常时。⑥ 五棱：杨桃。⑦“千年”句：化用唐白居易《和郭使君题枸杞》中“不知灵药根成狗，怪得时闻吠夜声”之句。

吾谪海南，子由雷州，被命即行，了不相知，至梧乃闻尚在藤也，旦夕当追及，作此诗示之

九疑[1]联绵属衡湘[2]，苍梧独在天一方。

孤城吹角烟树里，落日未落江苍茫。

幽人拊枕坐叹息，我行忽至舜所藏。

江边父老能说子，白须红颊如君长。

莫嫌琼[3]雷隔云海，圣恩尚许遥相望。

平生学道真实意，岂与穷达俱存亡。

天其以我为箕子，要使此意留要荒[4]。

他年谁作舆地志，海南万古真吾乡。

①九疑：山名，在湖南宁远南。②衡湘：衡山与湘水。③琼：时苏轼被贬为琼州别驾，琼州在今海南。④要荒：古称王畿外极远之地，亦泛指远方之国。要，要服；荒，荒服。

夜梦[一]

七月十三日，至儋州十余日矣。淡然无一事。学道未至，静极生愁。夜梦如此，不免以书自怡。

夜梦嬉游童子如，父师检责惊走书。

计功当毕春秋余，今乃始及桓庄初。

怛然悸寤[1]心不舒，起坐有如挂钩鱼。

我生纷纷婴[2]百缘，气固多习独此偏。

弃书事君四十年，仕不顾[二]留书绕缠。

自视汝与丘孰贤，易韦三绝丘犹然[3]，如我当以犀革编。

〔一〕并引。　〔二〕顾：一作愿。

①悸瘖：惊醒。②婴：纠缠。③“易韦”句：《史记·孔子世家》：“孔子晚而喜《易》……读《易》，韦编三绝。”

闻子由瘦[一]

五日一见花猪肉，十日一遇黄鸡粥。
土人顿顿食薯芋，荐以薰鼠烧蝙蝠。
旧闻蜜唧尝呕吐，稍近虾蟆缘习俗。
十年京国厌肥羜[①]，日日烝花压红玉。
从来此腹负将军[二]，今者固宜安脱粟[②]
人言天下无正味，蝍蛆未遽贤麋鹿。
海康别驾复何为，帽宽带落惊僮仆。
相看会作两臞仙，还乡定可骑黄鹄。

〔一〕公自注：儋耳至难得肉。　〔二〕公自注：俗谚云：大将军食饱，扪腹而叹曰：“我不负汝。”左右曰：“将军固不负此腹，此腹负将军，未尝少出智虑也。”

①肥羜（zhù）：肥嫩的羊羔。②脱粟：糙米。

独觉

瘴雾三年恬不怪，反畏北风生体疥。
朝来缩颈似寒鸦，焰火生薪聊一快。

红波翻屋春风起，先生默坐春风里。
浮空眼缬散云霞，无数心花发桃李。
倏然独觉午窗明，欲觉犹闻醉鼾声。
回首向来萧瑟处，也无风雨也无晴。

过于海舶得迈寄书酒，作诗远和之，皆粲然可观。子由有书相庆也，因用其韵赋一篇，并寄诸子侄

我似老牛鞭不动，雨滑泥深四蹄重。
汝如黄犊走却来，海阔山高百程送。
庶几门户有八慈[①]，不恨居邻无二仲[②]。
他年汝曹笏满床，中夜起舞踏破瓮[③]。
会当洗眼看腾跃，莫指痴腹笑空洞[④]。
誉儿虽是两翁癖，积德已自三世种[⑤]。
岂惟万一许生还，尚恐九十烦珍从。
六子晨耕箪瓢出，众妇夜绩灯火共。
春秋古史乃家法，诗笔离骚亦时用。
但令文字还照世，粪土腐余安足梦。

① 八慈：《后汉书·陈纪传赞》："八慈继尘。" 李贤注："荀淑八子，皆以慈为字。" ② 二仲：汉羊仲、求仲，皆挫廉逃名。③ 踏破瓮：指痴心忘想者的可笑行为。殷芸《殷芸小说》载，一个穷人惟有一只瓮。夜睡瓮中，思索盘算，卖此瓮，可得一倍利，贩二只，二得四，如此循环，其利成巨富，不觉跳起舞来，瓮遂踏破。④ "莫指"句：《世说新语·排调》："王丞相枕周伯仁膝，指其腹曰：'卿此中何所有？'答曰：'此中空洞无物，然容卿辈数百人。'"

⑤“誉儿”“积德”二句：隋末大儒王通子王福畤，德才兼备，福畤有三子：王勔、王勮、王勃。韩思彦与王福畤友，戏说：(晋代王武子)武子有马癖，君有誉儿癖，王家癖何多邪?

真一酒歌〔一〕

布算[①]以步[②]五星，不如仰观之捷；吹律[③]以求中声[④]，不如耳齐[⑤]之审[⑥]。铅汞以为药，策易以候火，不如天造之真也。是故神宅空，乐出虚，蹋鞠者以气升，孰能推是类以求天造之药乎？于此有物，其名曰真一。远游先生方治此道，不饮不食，而饮此酒，食此药，居此堂。予亦窃其一二，故作真一之歌，其辞曰：

空中细茎[⑦]插天芒，不生沮泽生陵冈。
涉阅四气更六阳，森然不受螟与蝗。
飞龙御月[⑧]作秋凉，苍波改色屯云黄。
天旋雷动玉尘香，起搜[⑨]十裂照坐光。
跏趺牛噍安且详，动摇天关出琼浆。
壬公飞空丁女藏，三伏遇井了不尝。
酿为真一和而庄，三杯俨如侍君王。
湛然寂照非楚狂，终身不入无功乡。

① 布算：运算。② 步：推算。③ 吹律：吹奏律管。④ 中声：中和之声。⑤ 耳齐：凭听觉调整。⑥ 审：确切。⑦ 空中细茎：指麦子。⑧ 飞龙御月，五月。⑨ 起搜(sōu)：一作起溲，发面面食。

欧阳晦夫遗接篱[1]琴枕，戏作此诗谢之

携儿过岭今七年，晚途更着黎衣冠。

白头穿林要藤帽，赤脚渡水须花缦。

不愁故人惊绝倒，但使俚俗相恬安。

见君合浦如梦寐，挽须握手俱汍澜[2]。

妻缝接篱雾縠[3]细，儿送琴枕冰徽寒。

无弦且寄陶令意，倒载犹作山公看。

我怀汝阴六一老，眉宇秀发如春峦。

羽衣鹤氅古仙伯，岌岌两柱扶霜纨。

至今画像作此服，凛如退之加渥丹[4]。

尔来前辈皆鬼录，我亦带脱巾欹宽。

作诗颇似六一语，往往亦带梅翁酸。

○首六句，自叙至岭南后冠服。“见君”六句，叙送冠枕。末十句，有怀欧梅。

① 接篱（lí）：古代一种头巾。② 汍（wán）澜：流泪的样子。③ 雾縠（hú）：薄雾般的轻纱。④ 渥丹：润泽光艳的朱砂。

韦偃牧马图

神工妙技帝所收，江都曹韩逝莫留。

人间画马唯韦侯，当年为谁扫骅骝。

至今霜蹄踏长楸，圉人[1]困卧沙垄头。

沙苑茫茫蒺藜秋，风鬃雾鬣寒飕飕。

龙种尚与驽骀[2]游，长秸短豆岂我羞。

八銮六辔非马谋，古来西山与东丘[3]。

① 圉人：《周礼》官名，主管养马放牧。② 驽骀（tái）：劣马。③ 西山与东丘：指伯夷与盗跖。西山，首阳山；东丘，东陵。

众妙堂

湛然无观古真人，我独观此众妙门。
夫物芸芸各归根，众中得一道乃存。
道人晨起开东轩，趺坐一醉扶桑暾。
余光照我玻璃盆，倒射窗几清而温。
欲收月魄餐日魂，我自日月谁使吞。

虔州景德寺荣师湛然堂

卓然精明念不起，兀然灰槁照不灭。
方定之时慧在定，定慧照寂非两法。
妙湛总持不动尊，默然真入不二门。
语息则默非对语，此话要将周易论。
诸方人人把雷电，不容细看真头面。
欲知妙湛与总持，更问江东三语掾。

张竞辰永康所居万卷堂

君家四壁如相如[①]，卷藏天禄[②]吞石渠[③]。

岂惟邺侯[④]三万轴，家有世南行秘书[⑤]。

儿童拍手笑何事，笑人空腹谈经义。

未许中郎得异书[⑥]，且与扬雄说奇字。

清江萦出碧玉环，下有老龙千古闲。

知君好事家有酒，化为老人夜扣关。

留侯之孙[⑦]书满腹，玉函宝方何用读。

濠梁空复五车多，圯上从来一编足[⑧]。

① 四壁如相如：《史记·司马相如列传》："文君夜亡奔相如，相如乃与驰归成都。家居徒四壁立。" ② 天禄：汉代阁名，后指皇家藏书之所。③ 石渠：汉代阁名。皇室藏书之处。④ 邺侯：李泌。⑤ 世南行秘书：此指唐刘餗《隋唐嘉话》中："太宗尝出行，有司请载副书以从，上曰：'不须。虞世南在，此行秘书也'"之事。⑥ 中郎得异书：此指《后汉书·王充传》载蔡邕得王充《论衡》事。⑦ 留侯之孙：指张竞辰。留侯，张良。⑧ "圯（yí）上"句：《史记·留侯世家》："良尝闲从容步游下邳圯上，有一老父……出一编书，曰：'读此则为王者师矣。'"

老翁井

井中老翁误年华，白沙翠石公之家。

公来无踪去无迹，井面团圆水生花。

翁今与世两何与，无事纷纷惊牧竖[①]。

改颜易服与世同，无使世人知有翁。

① 牧竖：牧童。

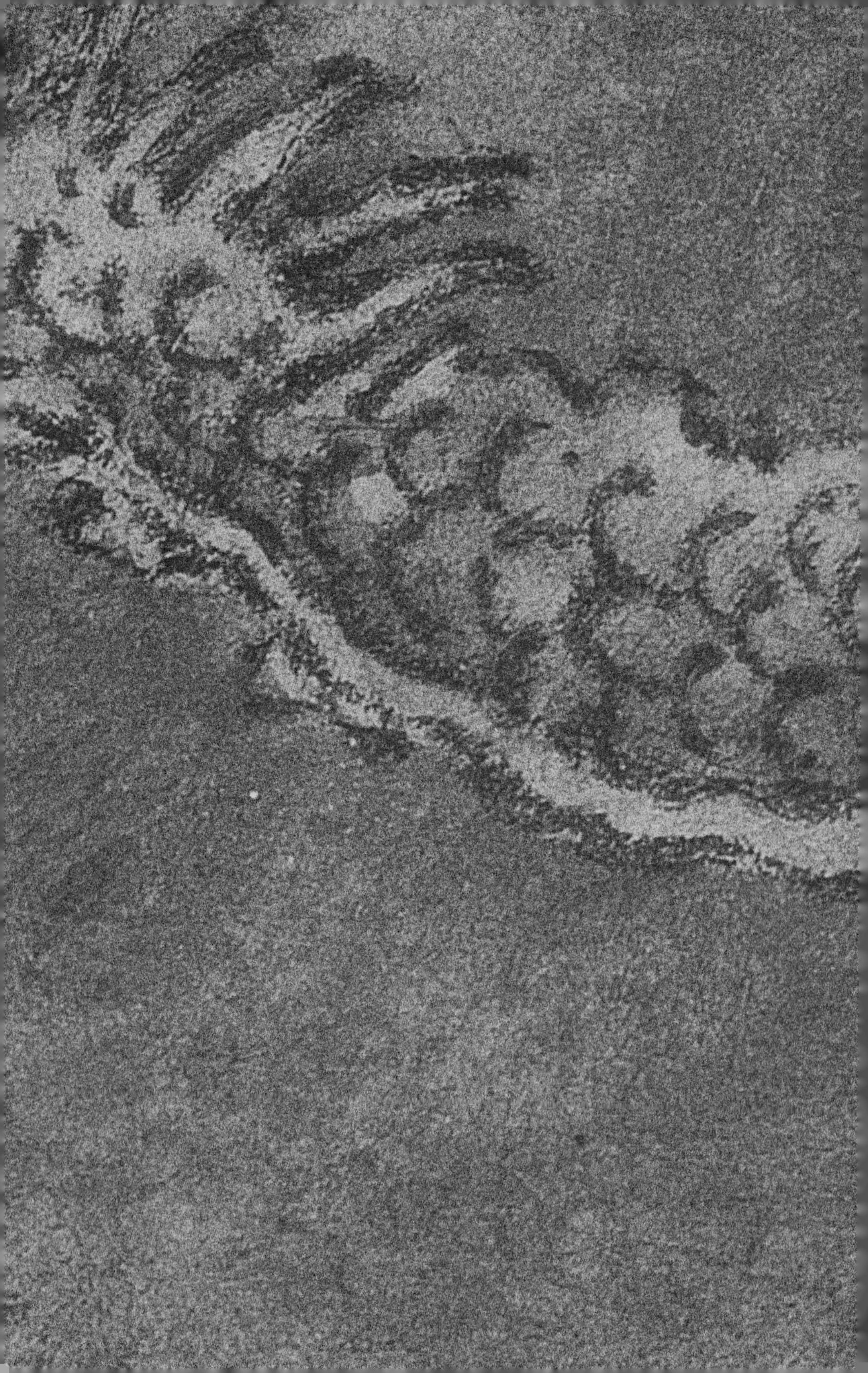